비와 바람의 기억

비와
바람의
기억

雨
風

Memory of
rain
and wind

최 인 호 지 음

비와 바람이 보여준 삶의 속살들

나는 두 개의 얼굴로 인생을 만났다. 하나는 비요, 다른 하나는 바람이었다. 말을 거두어 소리를 죽이니 비는 삶을 노래했고, 눈을 감아 존재하는 것들을 지우니 바람은 삶을 보여주었다. 그렇게 비와 바람이 건네준 삶의 속살은 아름다운 여인의 눈물을 닮아 있었다. 나는 금방이라도 사라질 것 같은 그 눈물을 어딘가에 담고 싶었다. 가슴에 또는 기억 속에. 하지만 그 어떤 곳에도 그 눈물을 오롯이 담을 수가 없었다. 그것은 쉽게 흘러넘치거나 금방 말라버렸기 때문이다. 결국 나는 눈물에 어울리는 작은 집을 지어주기로 결심했다. 하지만 어설픈 목수인 나에게 그것은 너무나 힘겹고 버거운 일이었다. 바닥에 필요한 단어, 기둥으로 쓸 단어, 지붕으로 덮을 단어들을 찾아 헤매고 그것들을 연결하는 동안 여러 계절이 지나가버렸다. 그렇게 작은 집 한 채가 힘겹게 완성되었다. 그런데 집이 너무 작아서일까, 문이 잘 보이지 않고, 보인다고 해도 쉽게 열리지 않는다. 더욱 이상한 것은 눈을 크게 뜨면 뜰수록 문을 찾기가 더욱 어려워진다는 점이다. 그렇다고 해서 기둥을 흔들어 문을 열 수 있는 것도 아닌 것 같다. 그렇다면, 문패에 쓰인 글이 열쇠가 아닐까? "감각이 아닌 몸으로".

감사의 말

책을 꾸미고 그림을 그려준 이들에게

나는 비와 바람을 좋아한다. 그래서 비와 바람에 대한 나의 기억을 길어올려 작은 글을 만들었다. 그런데 비와 바람을 나만큼이나 좋아하는 예쁘고 똑똑한 젊은 화가들이 있었다. 그래서 그들에게 나의 글을 보냈고, 그들은 자신의 기억을 덧칠해 보잘것 없던 나의 글에 날개를 달아주었다. 그들의 그림은 기존 작가들의 그림에서 멀리 떨어진 곳에 고독하게 그렇지만 당당하게 서 있었다. 매혹적이었다. 그림 속에서 비를 맞고, 바람과 춤을 추는 내가 보였다.

홍영빈 그리고 이지훈, 그들은 나의 제자이자 친구이며 스승이다. 이 멋진 화가들이 아니었다면 나의 글에서 빗소리는 들리지 않았을 것이며 바람의 냄새 또한 맡을 수 없었을 것이다. 그래서일까? 이 책의 진짜 주인은 그들이라는 생각을 지울 수가 없다. 화룡점정(畵龍點睛), 용의 눈을 선물해준 그들에게 다시 한 번 그리고 진심으로 고마움을 전한다.

2018년 8월

최인호

차례 ━━━━━━

1. 순간에만 머무는 광기의 사랑

2. 침묵이 나를 듣는다

1. 순간에만 머무는 광기의 사랑

비를 말하는 법

비는 빗방울을 말하는 걸까? 아니면 빗방울의 움직임일까? 그것도 아니라면 빗방울이 일으키는 어떤 현상일까? 사전을 찾으니, 비에 대한 그럴싸한, 그래서 고개를 끄덕일 만한 정의가 보이지 않는다. 고작 자음과 모음의 결합에 관한 국어학적 정의이거나 아니면 기껏해야 자연 현상의 생성물 중 하나로 정의되어 있는 것뿐이다. 하지만 그런 지식들로

‘비’를 말한다는 것은 ‘우주’를 망원경의 크기만큼으로 묘사하는 어리석은 짓과 다르지 않으리라. ‘비’는 그 어떤 지식과 언어로도 정의될 수 없다. 노자도 말하지 않았던가, ‘명가명비상명(名可名非常名)’이라고. 비도 우리에게 어제와 다른 얼굴을 내밀며 말한다. "어떤 것으로도 저를 말할 수는 없어요."라고. 정말, 그렇다. 하지만 나는 나만의 비를 말하고 싶다. 비는 어디에도 내리고, 언제든 내리며, 내리지 않을 때도 내린다. 그런 비를 나만의 언어로 묶어 내 곁에 두고 싶다. 비는 아픈 이들이 기다리는 ‘무엇’을 대신해서 찾아오는 저마다의 ‘무엇’이라고 하련다.

오늘도 비를 기다린다. 사랑이 끝난 자리에 불쑥불쑥 찾아오는 아린 감정들이 비가 되어 쏟아져내린다.

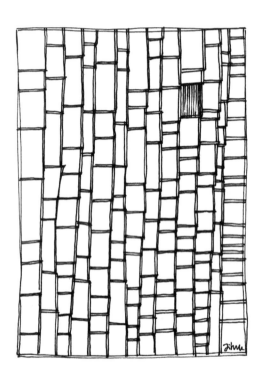

하지만 나는 나만의 비를 말하고 싶다.

길

나는 '바람의 시인'이 되고 싶었다. 그리고 그것만이 나의 바람인 때가 있었다. 그래서 바람을 따라 하루종일 걷는 날도 많았다. 바람이 남긴 운율들을 '시'에 담고 싶었다. 바람의 걸음은 담백했다. 들꽃에 눈이 팔려 나비의 날개로 팔랑거렸고, 나뭇가지에 앉아 새들의 대화를 엿듣기도 했다. 청보리밭에서는 그들과 춤을 추느라 갈 길을 잃기도 했다. 그러

다가도 저녁이 되면 산사의 풍경(風磬)을 흔들어 번 뇌의 생명들에게 평온한 잠자리를 마련해주기도 했다. 하지만 바람은 어디에도 미련의 흔적을 남기지 않았다. 어떤 것에도 집착하지 않았으며, 어디에도 머무르지 않았다. 잠시 쉬어갈 뿐이었다. 나는 그런 바람을 시에 담고 싶었다. 그러나 시 속으로 들어온 바람은 맵고, 짜고, 향이 너무 강했다. 바람의 무미(無味)는 사라져 버렸다. 시는 버려졌다. 그리고 나는 바람에게 물어야 했다. "너의 길은 ……?" 하지만 바람은 자신이 '어디서 왔는지' 그리고 '어디로 가는지' 말하지 않았다. 그렇게 바람의 침묵은 시간만큼 깊어갔다. 그리고 오늘, 나는 알았다. 바람은 '어디서 온 것'도 '어디로 가는 것'도 아님을. 그것은 들꽃의 향기 속에서, 새들의 속삭임 속에서, 청보리의 리듬 속에서 태어나고 죽는다는 사실을. 그리고 그것만이 바람의 길임을 나는 알았다.

나는, 아직도 나의 길을 가지 못하고 있다. 시가 살 수 없는 이곳에서 멍하니 바람의 그림자만 바라보고 있을 뿐이다. '바람이 깃발을 흔드는 것도, 깃발이 스스로 흔들리는 것도 아닌, 마음이 흔들리는 것이다.'라는 어느 선사의 말이 내게 바람을 일으킨다. 바람은 내 속에서 일고, 내 속에서 떠돌다, 내 속에서 사라진다는 것을, 그리고 내 속의 바람 길들이 바로 나의 길임을 이제야 알 것 같다. "나는 비로소 나의 길을 가는데 / 바람은 바람 길을 간다"[01]

길

"너의 길은 .....?" ──────

대화

　내 원고의 문장 속으로 비가 들어왔다. 그리고 비는 말했다. "'사랑은 결코 외롭지 않다.'라는 표현은 적절하지 않아요." 나는 그에게 물었다. "왜, 그렇게 생각하는데?" 비는 말했다. "저희를 보세요, 그 먼 거리를 함께 달려왔지만 한 번도 서로를 생각해 본 적이 없어요. 사랑은 서로 닮았거나 곁에 있는 것만으로 완성되는 것은 아닙니다. 저의 외로움은 구

름에게만 있을 뿐이에요." 나는 한참 동안 말을 잇지 못한 채 '비'에 관해 생각했다. "그럼, 너희들의 사랑은 비가 아니라 구름이구나." 비는 창가에 매달려 슬프게 말했다. "그렇지요, 사랑은 존재하는 것이 아니라 그리워하는 것이죠. 그래서 사랑은 다시 돌아갈 수 없는 것이며, 영원한 외로움 속에 갇히는 거예요." 나는 고개를 끄덕였다. 그리고 비에게 물었다. "그렇다면, 이 문장을 어떻게 바꿔야 하니?" 비는 말했다. "사랑은 문장과 문장 사이의 머나먼 시간."

비는 다른 페이지로 뛰어들어갔다. "다른 페이지들을 읽어도 되죠, 아마도, 당신의 글은 저로 인해 모두 사라질지도 모르겠어요. 모두 펜으로 썼기 때문이죠." 얼마 후 원고들 사이에서 검은 잉크가 흘러내렸다. 가슴이 검게 물들었다.

"사랑은 존재하는 것이 아니라 그리워하는 것이죠"

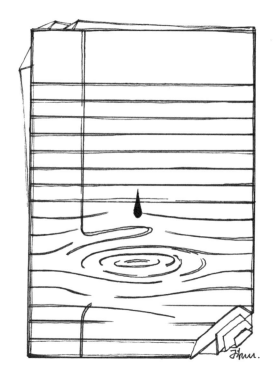

얼마 후 원고들 사이에서 검은 잉크가 흘러내렸다.

편백나무

바람이 마음을 부르는 날이면, 나는 편백나무 숲으로 간다. 그곳에는 계절을 건너온 조용한 바람이 편백나무 잎들에게 입을 맞추며 나를 기다리고 있다. 낡은 주머니에 두 손을 찌른 채 편백나무 사이를 마냥 걷다보면, 편백나무와 바람이 나눈 사랑의 흔적들을 만나기도 한다. 그렇게 몇 시간을 바람과 함께 걷는다.

　나는 육신이 잘려나간, 하지만 살아 있는 편백나무 의자에 앉았다. 의자의 나이테가 아직 선명하다. 스물세 살이다. 편백나무 의자에 삶과 죽음이 공존하고 있다. 삶과 죽음의 경계를 알 수 없다. '무엇'이 죽음이고 '무엇'이 삶일까? 아니다. 나의 질문은 어리석다. '어디까지가 죽음이고 어디까지가 삶인가?' 라고 물어야 한다. 둘 사이의 경계는 항상 변하거나 혹은 존재하지 않기 때문이다. 고독이 스며들면 모든 시간이 죽음의 끝자락으로 와 있는 것이며, 고통에 매달려 허덕이는 순간들은 온전히 삶에 가까워지는 것처럼 말이다.

　문득, 나이테에서 싱싱한 바람이 불어온다. 편백나무의 영혼이 내게 속삭이는 것 같다. '삶의 답은 없을지라도 의문은 놓지 말게나.'라고. 그래서일까?

색을 잃어버린 편백나무의 잎들이 살아있을 때보다 깊고 그윽한 향기를 내뿜는다. 나이테의 숫자처럼, 색이 바랜 낙엽들처럼 나이가 무거워진다는 건, 슬픈 일이 결코 아니다. 그것은 영혼이 깊어지는 것이며, 바람이 속삭이는 '자유'의 유희를 맛보는 것이다.

나는 편백나무에 입을 맞추고, 바람의 전율에 처녀처럼 몸을 맡겼다. 그 순간, 오직 흑백이었던 나의 삶 속으로 몇 개의 다른 빛깔들이 단풍처럼 스며들었다.

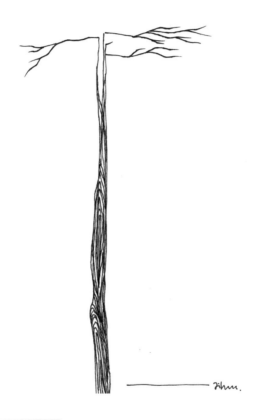

문득, 나이테에서 싱싱한 바람이 불어 온다.

밤의 연주

───────

    함석지붕으로 덮인 작은 공간, 그곳이 나의 집이었다. 장작불이 구들을 데웠던 그 집은 늘 따뜻했다. 비닐로 된 작은 창가에 찾아온 별들이 나의 밤을 지켜주는 파수꾼이었다. 하지만 산골의 짙은 밤은 돌려받은 세상을 빼앗기지 않으려는 듯, 사람들을 공포 속으로 집어넣곤 했다. 밤의 지배가 깊게 밀려들수록 나의 어린 귀는 커져만 갔다. 짐승들의 우는 소리는 상여꾼의 소리 같았고, 바람이 나뭇잎을 만지는 소리는 무당의 손에서 정신없이 떨고 있는 방울소리 같았다. 달의 숨소리마저도 창백한 울음이 되어 나의 이불 속으로 기어든 적도 많았다. 이런 날이면, 어김없이 악몽이 찾아들었다. 어둠보다 더 어두운 그림자에게 쫓기고, 벼랑 끝에 서 있는 나를 보며, 온몸은 식은땀에 젖었다. 발목이 어둠의 그림자에게 잡히려는 순간, 악몽의 문을 누군가 두드렸다. 꿈의 밖, 멀리에서 들려오는 '탁탁' 거리는 노크 소리, 그것은 악몽의 무대인 짙은 밤을 가로질러 내게로 왔다. 그러자 어둠의 그림자는 달아났다. 두려움에 떨고 있던 나는 그 소리의 품에 아기처럼 안겼다. 함석지붕을 때리는 밤의 빗소리였다. 어머니의 자장가보다 평온한 나만의 리듬, 함석지붕의 골을 튕기는 뮤즈의 아름다운 연주가 나를 찾아온 것이다. 그 후로 어둠이 짙고 바람소리가 무서운 밤이면 비를 기다리다 잠이 들곤 했다.

하지만 이제 밤은 사라져버렸고, 나도 더 이상 악

몽을 꾸지 않는다. 밤을 잃어버린 탓에 밤의 빗소리, 그 아름다운 연주를 기다리는 동심도 추억 속으로 사라져버리고 말았다. 슬프다. 그렇다면, 떠나지 않는 지긋지긋한 이 삶의 악몽은 무엇으로 쫓아내야 할까?

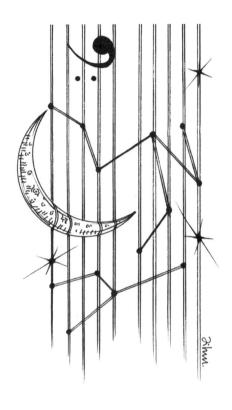

밤의 빗소리, 그 아름다운 연주를 기다린다.

바람개비

바람이 분다. 머리칼이 바다를 향해 일어선다. 억눌린 욕망들이 머리칼 끝으로 올라와 바람의 등에 올라탄다. 시선도 바람을 좇아 파도 위를 걷는다. 걸음을 멈추고, 바람과 함께 벤치에 앉았다. 벤치에 걸린 두 다리도 바람처럼 춤을 춘다. 바람은 걸음을 멈추지 못하는 사람들에게만 분다. '제발, 멈추라고.' 바람개비도 그랬다. 바람개비는 바람이 만드는 것이 아니다. 자신의 속도가 만든 바람이다. 숨을 헐떡이며 멈춰서면, 바람개비는 돌지 않는다. 하지만 그렇게 멈춰 선 자리에는 나만의 바람이 분다. 악마의 마법에서 풀려난 날개들이 스스로 바람이 되어 바람을 만든다. 걸음을 멈출 때, 비로소 나는 바람개비가 되는 것이다. 하지만 바람개비는 더 이상 내게 존재하지 않는다. 한 순간도 걸음을 멈출 수 없는 어른이 되었기 때문이리라.

오늘, 바람개비가 보인다. 바람의 끝, 바다 위에서 파도를 일으키고 있는 바람개비가 나에게도 시원한 바람을 보낸다. 걸음을 멈추리라. 더이상 완벽을 좇지 않으리라. 자신에게서 진실을 빼앗아가는 사람들의 바람을 좇지 않으리라.

바람개비는 바람이 아니라
자신의 속도가 만드는 것이다.　　　　──────

걸음을 멈추리라. 더 이상 완벽을 좇지 않으리라.

여름 산

'툭, 툭툭' 푸른 소리가 들린다. 여름 산의 고요함을 깨운다. 아직 태양이 구름 속으로 들어가기도 전인데, 무엇이 급했는지 빗방울이 나뭇잎을 흔든다. 빗방울과 함께 떨어지는 파란 빛깔들을 다람쥐는 도토리인 양 정신없이 줍는다. 나는 산의 끝자락에서 걸음을 멈춘다. 아무도 없다. 여기저기 떨어지는 파란 빛깔들이 아까워 고개를 들어 팔을 벌린다. 파란 소리와 빛깔들을 온몸으로 받기 위한 나무의 즐거운 몸짓이라 부르리라. 나는 파랗게 물들어간다.
눈 속의 푸른 소리는 핏줄을 타고 온 몸으로 퍼진다.
손끝의 핏줄도 어느새 파랗다. 산을 정복하려던 뜨
거움, 그 열망의 온도가 서서히 내려간다.

　　뜨거운, 그래서 너무나 빨간 삶의 온도는 결코 내
려가지 않을 것이다. 만약 오늘처럼 느닷없이 비를
맞지 않는다면. 여름 산의 비는 삶의 휴지(休止)이
며, 이유 없이 불쑥 내리고픈 간이역이다. 파란 빗소
리에는 일탈이 살짝 녹아 있다. 잊었던 '자유로움'이
'툭, 툭툭' 나의 머리를 두드리는 것은 '안녕, 뜨거움'
이라고 속삭이는 즐거운 신호다. 산에서조차 '나'와
경쟁하는 나에게 보내는 연민의 편지, 파란 비. 가끔
산에서 비를 만나고 싶다. 그리고 파란 비에 물든 나
무처럼, 한없이 서 있고 싶다.

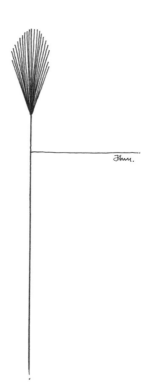

파란 비에 물든 나무처럼, 한없이 서 있고 싶다.

보다

———————

바람이 불면, 나는 팔을 벌리고 눈을 감는다. 바람을 보고 싶어서다. 보이지 않아서 보고 싶은 것이 아니다. 그리워서다. 바람을 본다는 것은 많은 것들을 만지고, 냄새를 맡고, 맛을 보고, 듣는 것이다. 산에 들면 산은 보이지 않고 미끈한 공기가 나의 솜털들을 어루만지고, 초록의 짙은 냄새가 가슴을 치고, 산딸기의 알갱이가 혀끝에서 터지고, 나뭇가지들의 살랑거리는 노랫소리가 들리는 것처럼 말이다. 언제나, 바람 속에는 그리운 것들이 그림처럼 담겨 있다. 하지만 눈을 뜨고 바람을 보려고 하는 순간, 감각의 기억들은 사라져버린다.

오늘도 눈을 감고 바람을 본다. 사라지지 않는, 사라질 수 없는 바람의 기억. 심연의 바닥에서 출발한 그 바람. - 그녀와 나, 아니 우리, 아니 덜컹거리는 버스의 옆자리에 그것도 나의 옆자리에 앉은 그녀와 나는, 단둘이서만, 두 시간을 달려 대회장으로 가고 있다. 이 시간은 누가 준 선물일까? 다가갈 수 없는 그녀가 이렇게 내 곁에 앉아 있다니. 불안하게, 떨린다. 그러나 행복하다. 그녀는 울렁거리는 속을 달래기 위해 창문을 연다. 순간, 그녀의 긴 머릿결이 바람에 날려 나의 얼굴을 만진다. 향기로운 비누향이, 그녀의 냄새가 어린 나의 심장을 뛰게 한다. 어지럽다. 하지만 창밖에서 불어오는 바람이 멈추지 않기를 나는 기도했다. 버스는 멈추었고, 그녀에 대한 비밀의 감각, 희미한 달빛 아래 꽃을 훔친 것 같은 나의 감각도 바람처럼 사라졌다. 그 후로 나는 오래도록 몸살을 앓아야 했다. 사라진 그녀의 비누향이 나의 몸에서 지워지지 않았기 때문이다.

바람의 냄새가 보인다. 눈을 감아야 하리. 비누향 짙은 바람이다. 바람의 향기가 까치발을 하고 어제의 그녀처럼 살며시 다가온다. 비누향의 바람 속에서 그녀는 아직도 소녀다.

—————— 바람 속에서 그녀는 아직도 소녀다.

음악

———————

　'비가 내리고, 음악이 흐르면, 난 당신을...' 라디오에서 노래가 흐른다. 그리고 빗방울들이 음표가 되어 감정의 건반 위로 떨어진다. 오직 음악과 비뿐이다. 이렇게 비가 내리는 날, 어떤 기다림도 없이 오직 음악만 들을 수 있다면, 그곳이 천국이리라. 음악이 불러낸 온갖 감정들, 슬픔, 야만, 광란, 도피, 쾌락이 천국의 공간에서 저마다의 몸짓으로 리듬을

탄다. 감정의 시선들이 빗소리와 음악의 선율 사이
에서 길을 잃는다. 하지만, 어느 곳에도 머물지 않
은 채 그들 사이에서 자신만의 새로운 음악을 만든
다. 빗소리의 운율을 빌려 작곡가 놓친 박자를 채우
고, 방향 잃은 감정들에 리듬을 입혀 오선지 위에 쓱
쓱 그려넣는다. 노래 사이에서 나의 노래가 흘러나
온다. 비도 노래도 그리고 나도 서로의 노래에 빠져
든다.

　비가 그치지 않는다. 그리고 노래도 멈추지 않는
다. 비와 노래는 차창의 와이퍼에 부딪쳐 부서지고
사라진다. 하지만 밀물처럼 이내 돌아온다. 찰나다.
모든 것은 찰나다. 저들처럼 부서지고 밀려나간 것
들은 어디로 갔던 걸까? 심연의 바다 속으로, 아니
면 감춰지고 억눌린 추억의 감정 속으로 갔던 것일
까? 그래, 비와 음악은 언제나 시간을 초월한다. 아
니, 시간에 저항한다. 앞으로만 향하던 시간을 과거

로 되돌리거나 아직 오지 않은 시간을 당겨서 현재화한다. 그 저항의 즐거움은 소외되고 미완으로 남은 감정들을 '소유'에서 길어올려 찰나 속으로 던져버린다. 욕망의 붉은 핏줄들도 '미' 혹은 '솔' 사이에서 빠르게 녹아 사라진다. 내 속을 지배하던 단단한 것들이, 철옹성 같은 것들이 비와 음악을 따라 '흐르기' 시작한 것이다. '카타르시스'다. 눈물이 흐른다.

눈물 끝에 침묵이 매달려 있다. 침묵은 중력인 것 같다. 오선지 위를 떠돌던 감정의 음표들이 침묵에 이끌려 온몸 구석구석 달라붙는다. 침묵은 길어지고 비와 노래는 한 번도 만난 적 없는 심연 속으로 깊게 떨어져내린다.

비가 그치지 않는다.

──────── 모든 것은 찰나다.

검은 독수리

───────

아침마다 창가로 찾아드는 검은 한 점. 끝이 보이지 않는 텅 빈 초원 위에서 오직 그 한 점만이 나의 시선을 붙잡는다. 그것은 몽골의 지평선을 점령한 검은 독수리. 어느덧 나의 하루는 그를 관찰하는 것으로 시작되었다. 그의 날개는 바람 소리를 받든다. 그래서일까? '검은 독수리는 날갯 짓을 하지 않는다.' 그는 커다란 날개를 펼친 채 초원 위를 유영

할 뿐이다. 차갑고 매서운 바람이 야생마의 울음 같은, 홀로 된 여인의 곡소리 같은, 마두금(馬頭琴)[02]의 애잔한 떨림 같은 소리로 '무(無)'의 공간을 깨울 때, 검은 독수리는 비상한다. 그는 바람에 몸을 맡겨 바람을 탄다. 그는 바람의 한 줄기 리듬이 된다.

그는 알고 있다. 자신의 영혼과 날개를 지배하는 것은 오직 바람뿐이라는 것을. 그래서 검은 독수리는 날개로 바람을 누르거나, 바람에 맞서려 하지 않는다. 단지, 바람이 허락할 때만, 날개를 접고 목표물을 향해 활강한다. 그 순간 검은 독수리는 바람이 된다.

나는 검은 독수리가 아니었다. 수없이 날개 짓을 하면서도 바람에 떠밀려다니는 작은 새에 불과했다. 주위에서 불어오는 어떤 바람에도 귀기울이지 못했다. 그 바람들이 나를 들어 올리고, 어디로든 데

02) 악기의 맨 윗부분에 말 머리 형상의 장식이 있고,
    현과 활을 모두 말총으로 만들었다,
    몽골에서는 '초원의 첼로'라고 부른다.

려다줄 것이라 생각하지 못했기 때문이다. 나는 단지, 바람에 날을 세웠을 뿐이었다. 나는 검은 독수리처럼 바람에 발을 얹고 몸을 맡겼어야 했다.

나는 검은 독수리처럼 ————

바람에 발을 얹고 몸을 맡겼어야 했다.

비밀

비는 무겁다. 진실보다 무겁다. 그래서 세상의 모든 것들은 비의 무게를 감당하며 살아간다. 작은 꽃잎도, 단단한 철근의 건물들도 그리고 사람들도 비의 무게에서 벗어날 수는 없다. 꽃잎은 떨어지며, 건물들은 노인처럼 늙어가고, 사람들의 심장에는 우울의 주름살이 늘어간다. 비가 몰고온 시간과 경험의 무게가 만든 그림자들이다. 그래서일까? 비가 오면, 사람들은 '낮잠'을 잔다. 비의 무게를 피해 도망을 가는 것이리라. 비의 무게에 패배한 무기력한 영혼들의 무덤, 잠 속에 자신을 가두는 것이다.

두 자매가 있었다. 한 살 차이의 두 자매는 한 몸이었다. 동생의 별명은 '개구리 왕눈이'였다. 그녀는 열 살, 하지만 키와 몸무게는 다섯 살, 그리고 입술은 오디를 먹은 것처럼 늘 보라색이었고, 손가락과 발가락은 마치 보라색의 둥근 방울이 달려 있는 것 같았다. 그녀의 한 발짝은 누구보다 길고 힘들었다. 그녀는 헐떡이며 산을 오르는 작은 달팽이였다. '선천성 심장 판막증', 그때는 그 병이 얼마나 무서운 것인지 알지 못했다. 단지, 그녀가 또래와 다르다는 것 밖에 알 수 있는 건 없었다. 그녀는 친구들처럼 학교에 가고 싶어했다. 하지만 그것은 불가능한 일이었다. 학교는 산을 넘고 강을 건너야 하는 거리에 있었기 때문이다.

"제가, 업고 다닐게요." 한 살 위의 언니. 그녀는 또래 아이들보다 키가 컸다. 아마도 동생을 업어야 하는 운명의 육체가 아니었을까? 그날 이후 그녀는 동생의 손을 잡고 혹은 등에 업은 채 산등성이를 넘고 강을 건넜다. 꼬박 일년 동안이나 그녀들은 하나였다. 세 살 위의 오빠도 있었다. 하지만 오빠는 그녀들을 외면했다. 힘들어서가 아니었다. 막내 여동생의 '개구리 왕눈이'같은 모습이 창피스러웠기 때문이다.

비가 오는 날, 두 자매는 물에 빠진 생쥐가 되어 집으로 돌아오곤 했다. 그런 날들이 점점 많아졌다. 언니는 동생을 업어야 했고, 동생은 우산을 받쳐들 힘조차 없었던 것이다. 그녀들에게 비와 고열의 감

기는 함께 찾아왔다. 오빠는 비를 싫어했다. 비를
맞은 그녀들을 보고 있는 것이 괴로웠기 때문이다.
이때부터 오빠의 심연에는 죄의식이 뿌리내리기 시
작했다. 하지만 오빠는, 이기적인 오빠는 막내 동생
을 끝내 업지 못했다. 1년 후, 한 살 위의 언니는 막
내가 되었고, 막내 동생은 볕이 잘 드는 돌무더기 집
으로 떠나갔다.

그날도 비는 억수같이 쏟아져내렸고, 오빠는 긴
'낮잠'에 빠져들어야 했다. 그리고 오빠는 악몽을 꾸
었다. 영원히 그칠 것 같지 않는 빗속에서 괴롭게 울
고 있는 자신의 꿈을. 이후로도 비가 오는 날이면,
오빠는 악몽에 시달려야 했다.

비보다 무거운 것은 없다. 비는 가슴을 헤집고
들어와 나의 죄의식에 프로메테우스의 맷돌을 달아
놓았다. 끝없는 고통의 추락이었다. 하지만 나는 나

의 죄의식 속으로 누구도 끼어들지 못하게 했다. 그 비밀스런 죄의식을 오래도록 간직해야 했다. 죄의식만이 살아남은 자를 살 수 있게 하는 유일한 이유였기 때문이다.

비
밀

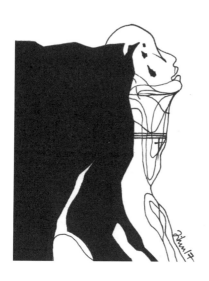

비밀, 그 죄의식만이 살아남은 자를 살 수 있게 하는 유일한
이유였기 때문이다.

섬 속의 섬

―――――――――

마음이 흔들렸다. 바람이 흔들었다. 분명하다.
이렇게 흔들리는 건 바람 때문이다. 그것 밖에는 내
가 흔들리는 이유를 찾을 수가 없다. 세상은 아무도
흔들리지 않고, 바람도 불지 않으니, 내가 흔들리는
건 내게만 부는 바람 말고 또 무엇 때문이겠는가?

오래된 버릇이다. 길이 흔들리는 날이면 소쇄원[3]으로 간다. 그곳은 대나무 숲으로 이루어진, 섬 속의 섬이다. 그래서 바람이 들지 못한다. 그런데도 대나무들은 사각사각 소리를 내며 울거나 혹은 웃는다. 이상한 일이다. 하지만 나는 알았다. 그곳에는 '불지 않는 바람'이 살고 있다는 것을. 그래서 혼잣말로 투덜대듯 혹은 미친 사람이 신을 부르듯, 숲의 언어로 바람에게 물었다.

섬 속 의 섬

"왜, 날 흔드세요?"

바람은 대나무 잎을 날카롭게 세워, 나의 가슴을 베어낼 듯 말했다.

"나는 분 적이 없다. 너를 흔든 적도 없어."

"사람들은, 아무도 흔들리지 않고 있는 것을 너는 보고 있지 않느냐."

"남들이 가는 길, 그 길 위에는 바람이 불지 않는다. 분다고 할지라도 나는 그들을 흔들지 않는다.

03) 1530년(중종 25) 조광조의 제자 소쇄옹
양산보(梁山甫:1503~1557)가 전라남도 담양군
남면(南面) 지곡리(芝谷里)에 건립한 원우(園宇).

그런데, 너는 오히려 바람이 부는 곳만 찾아다니면서, '왜 흔드냐?'고 따지고 있구나."

바람이 내게 물었다.

"내려오면서 길가에 핀 꽃들, 자신의 머리 위로 먼지를 수북하게 뒤집어쓰고 있는 꽃들을 보았는가?" 나는 대답 대신 고개를 끄덕였다.

"아마도 그들은 바람에 흔들리고 있었을 것이다. 하지만 그 꽃들은 자신들이 흔들리고 있다고 생각하지 않는다. 그리고 바람이 흙먼지로 자신을 더럽힌다고 투덜거리지도 않는다."

바람이 다시 물었다. "왜, 그럴까?" 나는 아무 대답도 하지 못한 채 사각거리는 대나무 잎만 쳐다보고 있었다. "그것은, 들꽃이 스스로 선택한 운명이기 때문이야."

바람은 연이어 내게 물었다.

"저 대나무 숲에서 대금의 흥겨운 가락이 들리는가, 아니면 죽창의 붉은 비명 소리가 들리는가?" 나는 걸음을 멈추고 길 위에 멍하니 서 있을 뿐, 어떤 대답도 하지 못했다.

그러자 바람은 다독이듯 말했다.

"인생이란 …… ? 그래, 그런 거야. "

"인생이란 …… ? 그래, 그런 거야." ————

눈물

산 속의 작은 암자로 향하는 길 위로 비가 조금씩 내리기 시작했다. 산사 앞마당의 연잎들은 이미 투명한 구슬을 만들어 연못 위에 떨구고 있었다. 대웅전의 문은 태고 적부터 열려 있었다는 듯 속내를 환희 드러내며 비와 나를 반겨주었다. 비를 피하기 위해 들어선 처마 밑에서 떨어지는 빗방울을 한참 동안 바라보았다. 비를 보느라, 비에 젖는 산을 보느라 나는 대웅전의 속살을 등지고 있었다. 딸랑딸랑 흔들리는 풍경 소리가 나를 깨우자 눈이 맑아졌다. 대웅전의 부처가 나를 보고 있었다. 합장을 하고 고개를 숙이자 바닥에 얼굴을 묻고 있는 여인이 보였다. 빗소리는 그녀의 굽은 등 위로 흘러내렸다. 그녀의 기도는 그녀의 인생만큼이나 길게 이어졌다. 그녀의 등이 조금씩 흔들렸다.

비는 신(神)의 손길이 아닐까? 아픈 상처와 고통의 시간을 맑게 씻어주는 신의 손. 깊게 파인 상처를 격정의 눈물로 아물게 하고, 그 자리에 꽃을 매달아주는 신의 사랑이 바로 비일 것이다. 아마도, 그녀의 기도가 신(神)을, 지금의 비를 부른 것이리라. 맑은 눈물같이 비가 내린다. "복사꽃 고운 뺨에 아롱질 듯 두 방울이여. / 세사에 시달려도 번뇌는 별빛이라."[04]

04) 조지훈 〈승무〉 중에서

아마도 저 여인의 눈물도 고깔에 감춘 여승의 눈물과 다르지 않으리라. 질투와 시기심, 거짓과 분노의 감정들이 봇물 터지듯 두 볼을 타고 흐르고 있으리라. 그녀의 흐느낌이 목탁소리를 타고 빗물 사이로 걸어간다. 씻김이다. 온산이 깨끗해진다. 나의 이마 위에도 빗방울이 떨어진다. '그래, 모든 것들이 우연히 내게로 왔듯이 내게서 소리 없이 떠나가게 허락하리라.'

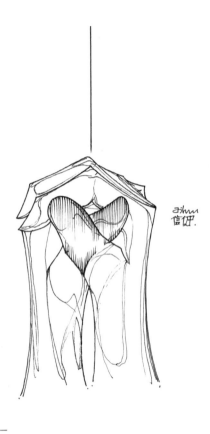

그래, 모든 것이 우연히 내게 왔듯이…

연금술사

바람의 냄새, 알싸한, 하지만 분명치 않은 정체의 그 냄새가 코끝으로 파고들면, 알라딘이 요술 램프에 마법의 입김을 불어넣듯, 연금술사의 신비스런 주문이 들어오듯, 가슴은 처녀의 첫사랑처럼 부풀어오른다. 연금술사들이 물과 불, 그리고 공기, 흙으로 순간적인 것들을 영원한 것으로, 혹은 인간적인 것들을 신의 영혼으로 이끌고자 했듯이, 바람은 사라진 추억의 정령들을 불러모아 아프로디테의 육체로 빚어낸다. "떠나간 것들은 결코 돌아오지 않는다."라는 어설픈 진리의 벽을 뚫고 부활한 추억은 우리들 앞에 당당히 선다. 고향 산을 뒤덮었던 봄꽃 향기, 본능에 몸을 맡긴 채 춤을 추던 무희의 야릇한 땀 냄새, 몽환적이었던 그녀의 향수 냄새, 꿈속에서 만져보던 비도덕적 감촉들, 시간의 파도가 조각낸 쾌락의 파편들, 기억의 수평선 끝으로 떠내려간 고뇌의 감각들이 바람의 배를 타고 항구로 돌아온 것이다. 기쁨과 슬픔의 덩어리들이 연금술사의 체에 걸러져 순금으로 반짝이는 순간이다. 이것은 뜻하지 않게 얻어진 쾌락이다. 육체의 집에서 탈출한 디오니소스의 달콤한 포도주다. 연금술사가 만든 환영의 공간 속에서 나의 갈망은 모두 옳다. 누구도 나를 심판하지 못하며, 파괴의 독이 머리에서 발끝까지 퍼졌다 할지라도, 온몸에 야수의 본능과 타락한 사내의 눈빛이 뒤섞여 출렁인다고 할지라도, 이 혼

란스런 감정의 우주적 순간들을 절대 거둬들일 수
없다.

　오늘도 바람은 불고, 야릇한 냄새의 감각들은 나
를 연금술사로 타락시킨다. 바람이 불면, 우리는 누
구나 연금술사가 된다.

연금술사

환영의 공간 속에서

나의 갈망은 모두 옳다. —————

금이 가다

누군가 창문을 두드린다. 귀가 먼저 유리창을 향한다. 무슨 일이 생긴 것이다. 아니, 생길 것이다. 그사람이 찾아올까? 아니면, 그 사람의 추억이... ... 가슴이 두근거린다. '쿵쾅, 쿵쾅', 기분 좋은 떨림이 나의 핏줄을 타고 음악처럼 흐른다. 유리창을 타고 내리는 빗소리가 시간에 가느다란 균열을 내기 시작한다. 시간은 멈추고, 흔적 없는 기다림이 나를 기다린다. 그 사람이 누군지 나는 모른다. 하지만 이것만은 확실하다. 그 사람은 바람 치마를 입고, 머리에 꽃잎을 달고, 튀는 빗방울의 리듬처럼 올 것이라

는 것을.

　나는 빗소리에 취한다. 그 소리엔 가벼운 발자국
이 묻어 있다. 그 사람의 구두가 분명하다. 하지만
아무도 보이지 않는다. 빗소리는 심장 속으로 들어
와 소나기를 퍼붓기 시작한다. 여기저기 흩어져 있
던 감정들, 건조한 사막에 선인장처럼 가시만 키우
고 있던 그것들이 비에 흠뻑 젖는다. 온몸이 떨리기
시작한다. 오늘은 신열을 앓을 것 같다. 그 사람은
비를 좋아했었던지, 그래서 우리는 '비'만으로도 충
분히 하나가 될 수 있었던지를 나는 아직 모른다. 그
사람이 누군지 나는 모른다. 투명한 빗줄기가 그 사
람의 웃음처럼 유리창에서 방황하고 있다. 함께 웃
을 사람을 찾고 있는 것 같다. 하지만 떨어져 사라졌
다. 나의 시간에 또다시 금이 간다.

함께 웃을 사람을 찾고 있는 것 같다. ─────

하지만 떨어져 사라졌다.

나의 시간에 또다시 금이 간다.

히말라야

———

히말라야 등정 8일째. 가장 큰 고통은 영하의 추위가 아니다. 그것은 바람이다. 히말라야의 바람은 우리의 감정보다 냉정하다. 내리꽂는 칼끝보다 더 빈틈없이 나를 위협한다. '자신의 문을 통과하지 못하면, 미련 없이 내려가라.'고. 바람이 기온에 채찍질을 더한다. 나를 포기하게 만들고자, 나를 밀어내고자 하는 것이리라. 그렇게 나는 '감각'과 '감상' 그리고 '나'를 빼앗겨 버렸다. 이제 내가 의지할 수 있는 건 더이상 내가 아니다. 더이상 도피할 곳이 없다. 나는 언제나 나를 가장 좋은 은신처로 삼아왔다. 하지만 지금은 아니다. 나는 이미 사라져버렸기 때문이다. 내가 아닌, 굳어가는 두 다리만이 산의 허리를 붙잡고 있다. 바람의 문을 통과하는 것은 내가 아니라 두 다리일 뿐이다. 그렇다면, 이제 두 다리는 바람이 되어야 한다. 바람과 하나가 되어야 한다. 정상만을 향하던 시선을 거두어 가장 낮은 곳, 발끝의 순간만을 응시해야 한다. 그리고 그 시선이 얼어붙지 않도록, 고독한 시선이 절망하지 않도록 격려해야 한다. '몸을 산의 경사와 일치시켜라. 혹은 바람의 활강 각도보다 몸을 더 낮춰라.' 평지처럼 몸을 세우고자 한다면, 바람은 그 거만함을 한 순간도 용서하지 않으리라. 낮춰라, 그리고 천천히 들어가라, 바람의 각도 속으로. 그래야 두 다리는 바람이 되고, 비로소 바람은 사라질 것이다. 나는 두 발의 느린 움직임과 바람보다 작은 각도로 히말라야의 문을 두드렸다. 하지만 나는 그곳에 없었다.

히말라야의 바람은 본능의 욕구보다 매혹적이었다. 나를 바닥까지 끌어내려 화려한 빛 속에 갇혀 있던 시선을 '낯선' 나의 것들로 이끌어갔다. 그리고 그 속에서 '히말라야'를 보게 했다. 냉정한 히말라야의 바람이 위로만 향했던 동경의 시선, 바깥으로만 달렸던 무지의 시선, 환영만 좇던 불나방의 시선, 그 주검들을 거둬들였다. 히말라야의 바람은 내게 속삭였다. '나에게 이르는 길에는 익숙한 환희가 없으며, 가야만 하는 곳은 언제나 낯선 곳이며, 그 길을 두려워하지 않는 것이 운명이다.'라고. 그렇다. 매혹적인 것은 '낯선 것'을 보석처럼 자기 안에 감추고 있었다.

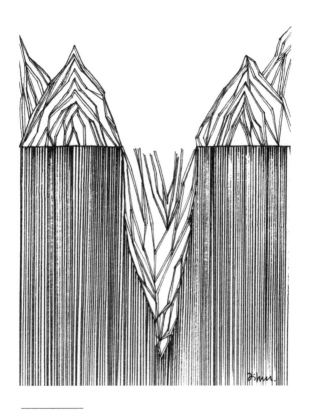

"나에게 이르는 길에는 익숙한 환희가 없으며,

가야만 하는 곳은 언제나 낯선 곳이며,

그 길을 두려워하지 않는 것이 운명이다."

사막

사막 위를 며칠 째 걷고 있다. 낙타도 지쳤는지 거친 숨소리를 한숨처럼 뿜어댄다. 희미한 길 위에는 낙타의 하얀 뼈들이 이정표로 뒹굴고 있다. 아마도 나는 사막 위의 낙타이리라. 무거운 짐을 자신의 숙명으로 받고 묵묵히 의무의 발자국만 따라 걷는 자. 니체가 말한, "스스로를 시험하는 자를 시험하기 위해 높은 산을 오르는가?"[05]라고 되물어야 하는

05) 니체, 〈차라투스트라는 이렇게 말했다〉

그 낙타이리라. 왜, 나는 이곳에 왔을까? 낙타가 비를 기다리듯, '부정의 힘'으로 포효하며 홀로 걷는 사자를 보고 싶었음이리라. 하지만 태양은 이곳에 아무것도 허락하지 않는다. 그런데, '모래 언덕 위에서 사자를 만나려 하다니, 비를 갈망하다니? 얼마나 어리석은 꿈인가?'

오, 사막! 이곳은 태양신만 살고 있는 뜨거운 궁전이다. 하지만 바깥에서 바라본 사막은 미지의 그리움, 사자의 고독과 자유, 그리고 밤을 수놓는 별들이 공존하는 매력적인 공간이었다. 그리고 그곳에는 간혹 비도 내렸다. 낙타와 모래의 갈증을 풀어줄 시원한 비가. 하지만 비는 없다. 단 한 방울도. 사자의 발자국도 보이지 않는다. 오로지 죽어가는 모래들의 신음 소리만 나의 귓전에 맴돌 뿐이다. 낙타의 등 위로 기도의 손을 얹었다. 먼 바다로 떠나간 구름들이 바람의 전령과 함께 사자처럼 당당하게 걸어

와주기를. 하지만 비는 오지 않았고, 꿈에서 본 사막은 낭만이 만든 거짓이었음을 알았다.

비에 대한 사막의 기억은 5천 년 전으로 거슬러 가야 한다. 그래서일까, 사막에서 비를 기다리는 것만큼 어리석은 일도 없으리라. 기다리는 것이 없다는 것, 그것은 영혼이 말라버린 죽음의 시간이다. 그것이 사막이다. 하지만 사막은 죽지 않았다. 아직 작은 기다림이 남아 있기 때문이다. 5천 년 전, 빗방울의 유일한 흔적, 오아시스. 그곳에는 비의 시간이 작은 물결로 새겨져 있었다. 오아시스는 밤마다 기다림의 노래를 부른다. 그러면 하얗게 비(유성우)가 쏟아져내린다. 새벽이 올 때까지 그 비는 멈추지 않는다. 그래서 사막은 쉽게 잠들지 못한다. 누군가의 간절한 소망들이 사막을 밤새도록 적시고 있기 때문이다.

여름 날, 유성우 속에 작은 소원을 집어넣었던 때가 그리워진다. 유성우가 떨어진 곳을 한참이나 쫓아가곤 했다. 그곳에는 작은 오아시스, 꿈들이 물고기처럼 뛰어 노는 호수가 있을 것이라 생각했기 때문이다.

사자는 사막에도 없었다. 하지만 오아시스에 잠시 짐을 내려놓은 낙타가 사자일 것이라는 생각을 지울 수가 없다. 낙타의 푸른 눈 속으로 유성우가 하얗게 쏟아져내렸고, 나는 낙타의 눈동자에서 유성우를 쫓던 '어린아이'를 보았다. 나는 사막에서 낙타였으며, 오아시스의 사자였으며, 낙타의 눈동자 속에서 반짝이던 '어린아이'였다.

나는 사막에서 낙타였으며, 오아시스의 사자였으며, 낙타
의 눈동자 속에서 반짝이던 '어린아이'였다.

모순

걸음이 무거운 것은 욕망이 선택과 싸우고 있기 때문이다. 어디로 흘러갈지 모르는 삶의 길에서 욕망은 억지를 부리곤 했다. 괴로웠다. 그 순간, 작은 회오리바람이 길을 막아섰다. 시위라도 하듯, 먼지와 쓰레기들을 공중으로 말아올리며 힘을 과시했다. 나는 뒷걸음질쳤다. 그리고 한참 동안 회오리바람을 바라보았다. 회오리바람은 목적을 달성한 듯 어깨를 우쭐거렸다. 그 모습이 사람과 다르지 않았다. 태풍의 눈 주위를 선회하며 무소불위의 권력을 뿜내는 회오리바람, 그것은 '호가호위(狐假虎威)'의 바람이다. 호랑이의 위세를 빌린 여우가 자신의 욕망을 위해 온갖 것들에게 시비를 걸고, 횡포를 부리는 꼴이다. 허기진 회오리바람의 욕망은 이성의 눈을 잃어버린 지 오래다. 오직 자신의 중심으로만 모든 것들을 휩쓸어간다. 그것이 비록 쓸모없는 것일지라도 남김없이 먹어버린다.

오! 욕심에 휘말린 인간들. 회오리바람의 형제들, 그들의 욕망은 끝나지 않고, 그들의 불만은 사라지지 않는다. '태풍의 눈'이 죽어야 그들의 욕망과 삶도 끝이 난다. 하지만 태풍의 눈은 영원할 것이라는 허황된 믿음은 그들의 거만함과 폭력성을 더욱 단단하게 만들어줄 뿐이다. 그로 인해 빨려든 욕망의 시체들은 점점 늘어나고, 그 무게는 결국, '태풍의 눈'을 죽이는 암 덩어리로 변하게 된다. 그렇게 회오리바람이 태풍의 눈과 함께 죽는다는 사실을 그들은 알 리가 없다.

보라! 모순의 바람, 욕심 많은 인간들이여! 당신들은 죽고, 정원에 하얗게 핀 맨드라미 한 송이, 그 약한 것들은 아직도 살아 있지 않은가?

어디로 흘러갈지 모르는 삶의 길에서 욕망들은
억지를 부리곤 한다. ───────

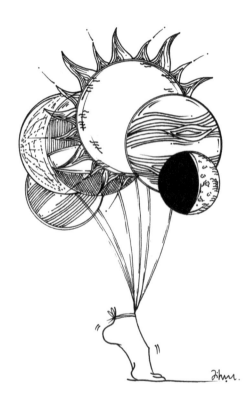

몽환

베네치아에 어둠이 내려앉았다. 밤이 온 것은 아
니다. 안개가 도시의 빛을 삼켜버린 것이다. 안개는
예고 없이 덮치는 점령군처럼 도시를 한순간에 장
악해버렸다. 발길을 멈췄다. 길이 보이지 않는다.
바다와 육지, 그리고 건물과 거리의 경계가 사라졌
다. 멀리 보이는 한두 개의 흰 첨탑만이 구름 위를
떠다닌다. 곤돌라가 안개를 헤치며 나에게 날아오

는 것 같다. 안개가 나의 감각을 죽여버렸다. '나'는 사라졌다. 타인의 시선에서 사라진 '나', 그렇다면 '나'는 존재하지 않는 것이다. 몽환적이다. 나타났다 사라지는 건물들과 사람들이 마치 떠다니는 유령과 같다. 이곳에서 빨리 도망쳐야만 한다. 하지만 한 걸음이, 그렇게 보잘것 없던 한 걸음이 힘겹고 두렵다. 감각 대신 기억이 조심스럽게 길을 만들었다.

그때, 토마스 만, 〈베네치아에서의 죽음〉의 노신사 주인공, 구스타프의 영혼이 나의 발목을 잡았다. 베네치아에서 구스타프는 15살 금발의 미소년에게 마법처럼, 자신도 믿을 수 없이 끌리고 말았다. 늙은 그는 소년의 미소에 소녀처럼 얼굴을 붉히곤 했다. 그리고 소년의 흔적을 따라 레스토랑, 해변, 골목을 안개처럼 은밀하게 좇아다녔다. 노 잃은 바다 위의 배처럼 자유롭게 흔들리며 떠다녔다. 진정한 자유로움, 그것은 노가 사라질 때만이 가능하다는 것을 그는 알았던 것일까? 그렇게 그는 떠다녔다. 결국 그는 배 위에서 소년을 바라보며 죽음을 맞이한다. 예술적 명성도 삶의 두께도 본능의 사랑, 자유로운 영혼 앞에 무릎을 꿇고 말았다. 예술, 사랑, 인생 그 어떤 것도 안개처럼 나타났다 사라지는 몽상이 아닐 수는 없으리라.

　나는 안개에 쫓겨 낯선 골목으로 들어섰다. 안개는 더이상 따라오지 않았다. 건물들의 몸체가 서서히 드러나고, 사람들의 소리도 분명해졌다. 순간, 머리와 온몸이 뭔가에 가볍게 덮이기 시작했다. 이슬비다. 안개의 미련, 구스타프의 눈물. 이슬비는 이내 사라진다. 순간에만 머무는 광기의 사랑처럼.

이슬비는 이내 사라진다.

순간에만 머무는 광기의 사랑처럼 ————

바람나다

　나는 바람둥이다. 11월 찬 바람이 불면, 나는 바람이 난다. 마음이 거세게 요동친다. 머물던 곳에 더이상 머물지 못하고, 새로운 사람을 만나기 위해 갈팡질팡하는 마음을 어찌할 수 없어, 어떤 것으로도 진정시킬 수 없어, 그저 멍하니 넋을 잃고 바람을 본다. 마음은 뜨겁고, 겨드랑이에 바람의 날개를 달고, 시선은 '지금' 너머만을 향한다. 사랑이다. 지독한 사랑이다. '지금'의 것들로는 꺼뜨릴 수 없는, 뜨거운 몸짓이다. 어디에 머물지, 얼마나 사랑할지, 어떤 쾌락을 얻을지 나도 모른다. 정해진 것은 아무 것도 없으며, 어떤 것도 원하지 않는다. 그냥, 무소의

뿔처럼 떠나고, 미치도록 사랑하고픈 것뿐이다.

가방을 싼다. '현재'는 아무것도 넣지 않는다. 단지, 한 번도 만나보지 못한 작가만을 넣는다. 바람을 따라 문 밖을 나선다. 드디어, 익숙한 것들과의 이별이다. '지금' 그리고 '그들의 나'로 영원히 돌아올 수 없을지도 모른다. 이것은 외도(畏道)가 분명하다. 하지만, 바람이 그렇듯이, 미련 따위는 남기지 않는다. 사람들의 손가락질이 돌팔매처럼 나를 향할지라도, 독감처럼 찾아드는 이 지독한 질병을 나는, 피하고 싶지 않다. 아직 오지 않은 시간을 홀로 기다리는 것, 낯선 도시의 밤을 홀로 들어가야 하는 숨막히는 떨림. 11월은 거부하기 힘든 잔혹한 여인을 닮았다.

바람이 불면, 언제나처럼 나는 바람이 난다.

바람이 불면, 언제처럼 나는 바람이 난다.

2. 침묵이 나를 듣는다

우산

―――――

하늘이 잔뜩 찌푸렸다. 뭔가를 잔뜩 쏟아낼 것만
같은 얼굴이다. 출근길을 닮았다. 찌푸린 사람들의
얼굴이 구름떼처럼 역에 모여 있다. 나는 오늘도 그
들에게 이끌려 구름이 되고, 그들에게 떠밀려 비로
튕겨진다. 전철은 언제나 먹구름 가득한 하늘이다.
사람들의 몸과 마음은 늙은이의 주름처럼 고단하게
흔들린다. 인생이다. 하늘을 좇던 사람들의 시선은

피로 속으로 사라진 지 오래다. 오! 비라도 쏟아져
야 할 것 같다.

　'톡 톡'. 발끝으로 무언가 떨어져내린다. '비다!'
고개를 힘껏 들어올렸다. 빗방울들이 얼굴을 만진
다. 기분이 좋다. 우산이 없다. '비를 흠뻑 맞으리
라.' 뮤지컬 영화, 〈사랑은 비를 타고〉에서 남자 주
인공 돈 록 우드는 비가 쏟아지는 도시 한 복판에서
탭 댄스를 춘다. 양팔을 벌리고 얼굴은 하늘을 향한
채, 온 몸으로 비를 맞으며 춤을 춘다. 손에 쥔 우산
은 애인이라도 된 듯 주인공과 함께 리듬을 탄다. 나
는 종종 영화 속 돈 록 우드가 되는 꿈을 꾼다. 비가
오는 날이면. 하지만 다른 사람들의 차가운 시선이
불편했다. 하지만 오늘은 다르다. 모두 우산이 없
다. 불편한 시선도 없다. 모두가 돈 록 우드처럼 춤
을 추면 된다.

우산

사람들은 우산을 쓰면, 자신만의 세계 속으로 들어간다. 우산만큼의 공간이 세상의 시간을 막아버린다. 사람들은 비가 고독이라고들 말하지만, 고독은 '우산' 속에 있다. 우산 안에 들어서는 순간, '나'는 타인을 볼 수 없고, '나' 역시 타인의 시선에서 사라진다. 우산 밖은 오로지 비와 빗소리, 그리고 우산뿐이다. 모두가 '고독'에 갇힌 세상이다. '고독'과 거리가 먼 사람들조차도 우산을 쓰면 고독 속으로 침잠한다. '나'와 타인 그리고 그 틈 사이마저도 고독으로 젖는다. '고독들'이 알몸으로 빗속을 떠다닌다. 우산이 만든 사막이다. 고독만 그림자를 만들고 아무것도 존재하지 않는 사막. 사람들에게는 이런 자기만의 사막이 필요하다.

비가 온다. 우산을 버리고 춤을 추자. 그럴 수 없다면, 우산 속의 사막이라도 거닐어보자.

사람들은 비가 고독이라고들 말하지만,

——————— 고독은 우산 속에 있다.

풍류

나는 버려졌다. 세상이 떠나갔다. 세상은 사랑보
다 질투가 먼저였다. 쓸쓸한 것들이 꽃처럼 떨어져
내리는 봄날의 가을이다. 어디론가 떠나가는 저 벚
꽃들, 세상을 닮은 저 벚꽃들이 나의 불행을 편들고,
빈자리에 홀로 남은 나의 목을 조른다. 술 한 잔을

기울여야 하리.

　이백(李白)이여, 오늘에서야 당신이 술과 바람을 벗 삼은 뜻을 조금은 알 것 같군요. 세상을 버린 당신이, 그것들과 더불어 미치광이로 살지 않았다면, 어찌 부조리의 강을 건널 수 있었겠습니까? 당신의 피에 흐르던 고독이, 당신의 술잔에 떨어진 눈물이, 사랑받지 못한 당신의 노래가, 당신의 시어들 속에서 바람에게 위로 받고 있었음이 이제는 보이는 듯합니다.

술잔을 마주하니 어느덧 날은 저물고
꽃은 떨어져 나의 옷자락을 덮었네.
술 취해 달 비친 개울가를 걸으니
새도 돌아가고 그 사람 또한 없더라. 06)

바람을 닮은 당신의 시 한 수를 들었으니, 또 한 잔 기울여야겠습니다. 술이 나의 몸을 뜨겁게, 태양의 한 조각인 듯 뜨겁게 만듭니다. 모든 것들, 내 속의 슬픔과 고뇌의 무게들이 미친 듯이 달궈지는 느낌입니다. 한 잔 한 잔 또 한 잔 기울이니, 당신의 벗, 보름달이 어느새 술잔 위로 찾아듭니다. 하지만 나에게는 돌아올 어떤 것도 남아 있지 않습니다. 내 심장에 꽂혀 있던 순수의 광기, 그것이 삶의 전부였으니까요.

"세상의 질투와 상처들을 '한 잔 술'로 녹이고, 몸을 봄바람에 맡겨보시오. 그러면 사랑과 사람들에게 중독되었던 시간들이 마치 먼지처럼 날아가버릴 것이오. 그러면 당신도 깃털보다 가벼운 풍류인(風流人) 되어 날아오를 수 있다오. '우화등선(羽化登仙)' 이지요. 풍류가 별거 있겠소. 상처를 매만져주는 술과 바람, 그것뿐이지요. 그것들이 없다면, 멀고 험난한 고갯길을 어찌 넘을 수 있겠소."

      ……

      해 저문 東窓 아래서 술잔을 기울이니

      꾀꼬리 다시 날아 와서 울고 있네.

      봄바람과 술 취한 사람

      오늘 따라 사이가 너무 좋네.07)

풍류

별이 하늘에서 출렁인다. 별들 사이로 바람이 분다. 그리고 그 바람이 나의 목을 타고 흘러내려 술로 뜨거워진 온 몸을 부드럽게 만진다. 나를 공중으로 띄워 올린다. 마치 그녀의 젖은 입술이 내게 그랬듯이.

세상은 사랑보다 질투가 먼저였다.

투명

'비'는 투명하다. 투명하다는 것은 아무것도 걸치지 않아 속이 훤히 들여다보인다는 뜻일 것이다. 그런데, 비는 다른 것들과 만나는 순간, 그것들의 옷도 벗기는 힘을 가지고 있다. 우리가 비를 맞는 날, 그것도 화려하게 차려입은 날, 느닷없이 쏟아지는 비에 흠뻑 젖을 때 우리는 집으로 달려가 가장 편한 옷, 목이 늘어나고 무릎이 나온 그래서 시간이 주름 잡힌 옷으로 갈아입는다. 편한 옷은 나를 가리지 않는다. 비만큼의 투명을 갖고 있지 않지만 그의 곁에 설 수는 있을 것이다. 그런데, '비'도 투명을 잃어갈 때가 있다. '낭만적인 비', '슬픈 비', '여우비' 등의 이름을 가질 때가 그렇다. '비' 앞에 붙은 수많은 관형어들은 '비'를 아름답고, 감정적인 것들로 만든다. 하지만 그로 인해 '비'의 투명은 사라진다. 비가 옷을 입은 것이다. 옷을 입고 있는 비는 다른 것들의 옷을 더이상 벗길 수 없다.

오늘도 비를 보며 비에게 나만의 괴상한 옷을 입히고 있다. 나와 닮은 옷들을. 그리고 기뻐한다. 비에 관한 멋진 단어들을 한 아름 주워 담았다고. 하지만 그것들을 광주리에 담는 순간, 내가 만든 그들의 옷, 관형어들만 껍질로 남고, 비는 틈 사이로 빠져나

가버린다. 비를 맞은 나의 옷들에서 빠져나간 그림
자처럼.

'비'는 그냥 '비'다.

루
밍

——————— '비'는 그냥 '비'다.

글의 태풍

문체반정(文體反正), 그것은 어떤 역사에도 없었던 '글과 권력'의 전쟁이었다. 조선에는 세상을 전복할 수 있었던 '광기의 바람, 무서운 글'이 존재했었던 것이다. 멋지지 않은가, '글'이 나라를 전복시킬 수 있다는 사실이. '글'이 태풍이 되어 썩은 세상을 창끝으로 마구 찌른다는 사실이. 단어는 민중들의 피로 쓰였고, 문장은 간신(奸臣)들의 위선을 조롱했으며, 글은 주군(主君)의 목을 겨누었다.

"집이 가난한 자가 바로 신선이오. 부자들은 늘 속세를 그리워하는데, 가난한 자는 언제나 속세를

싫어하니… ….." "내 보기엔 종로 네거리에 한길 가
득 오가는 것들이 모두 황충(蝗蟲)일 뿐이오… …
이놈들보다 더 농사를 해치고 곡식을 짓밟는 놈들
이 없다오. 내가 그 놈들을 잡고 싶은데, 큰 바가지
가 없는 게 한스럽구려."[08]

이 무서운 태풍을 누구도 잠재울 수는 없었다.
글의 태풍은 보이지 않게, 소리 없이 젊은이와 민중
의 핏속으로 스며들었고, 그들은 하나의 단어 속에
서 우주보다 거대한 '자유'의 세계를 보았다. 그리고
세상은 긴장과 설렘으로 소용돌이 쳤다. 누구는 '글
의 바람'을 파괴의 역풍이라고 했고, 누구는 돛단배
를 밀어주는 순풍이라 했다. 하지만, 정체와 흐름의
기로에서 선 주군(主君)은 '피의 칼'을 잡았다. 결국,
연암과 그의 제자들 그리고 해일 속에서 항해하던
조선은 폭풍이 그친 항구에 난파되어 닻을 내려야
했다.

그 후 한 번도, '글의 태풍'은 불지 않았다. 어떤

08) 연암 박지원, 〈민옹전〉에서

글도 세상의 부조리에 창을 거누지 않았다. 단어들은 아름다워졌고, 문장과 문장은 한 없이 부드러워졌으며, 글은 누구에게도 '분노'하지 않았다. 그렇게 글의 태풍은 전통의 우리 속에 갇혀버렸고, 지금의 글은 새장 속의 '눈먼 자유'만 좇는 날개 없는 새가 되어버렸다. 매년 잔가지만 부러뜨리는 태풍 같지 않은 태풍만 불고 있을 뿐, 세상의 썩은 뿌리를 뽑아버리고, 가식에 취한 붉은 꽃잎들을 날려버릴 태풍은 불지 않는다. 서글프다!

하나의 단어 속에는

우주보다 거대한 '자유'의 세계가 있다.

경제

─────────

    비가 온다. 기온이 내려간다. 옷장 속에 갇혀 있던 외투를 꺼냈다. 정말, 가을이 오는가 보다. 달력은 이미 10월 중순을 향하고 있다. 숫자들은 이미 가을을 말하고 있는데, 아무도 숫자에 귀 기울이지 않는다. 한낮의 태양은 여전히 뜨겁고, 사람들의 눈에는 시원한 파도 소리가 일렁이고 있기 때문이다. 그래서일까? 아무도 '가을'을 부르지 않는다. 그렇다고 '여름'을 껴안고 있는 사람도 없다. 사람들은 잠시 '무경계'의 계절을 즐기고 있는 듯 보인다.

오늘 내리는 이 '비'는 경계다. 여름과 가을의 경계. 이질적 감정들의 순간적 번짐, 또는 여름 정오의 열정이 가을 아침의 여유로 스며드는 시간의 간이역, 빨간 장미꽃의 거침없는 유혹이 들판의 코스모스에 굴복하며 손을 건네는 성숙의 다리, 계절에 대한 탐욕과 소유가 풍요로운 감각과 감상으로 길을 선회하는 지점이다. 그러고 보니, 겨울과 봄의 경계도 분명, '비'였다. 나의 기억 속에서 봄은, 3월 이라는 숫자와 꽃들로 시작된 적이 없었다. 오직 '봄비' 이후였다.

그래, 아주 짧고 얇은 경계로서의 비, 그것은 시간이나 공간, 어떤 것도 나누지 않는 감각의 번짐, 즉 아쉬움이 자신을 죽여가며 설렘을 받아들이고, 가는 것이 흐려지면서 오는 것이 짙어가는 것이다.

이처럼 자연의 경계는 다르지만 다르지 않은 것들이 서로에게 스며들어 또 다른 것이 되는 것이다.

하지만 사람들은 자신과 타자 사이에 금을 내야만 하는 경계의 강박으로 살아가고 있다. 오늘, 그런 사람들 사이로 '가을비'가 내린다. 서로 다른 사람들이 비를 사이에 두고 여름과 가을 속에 갇혀 있다. 저 사람의 앞은 가을이고, 이 사람의 등은 여름이다. 이 사람이 저 사람을 보면 가을이고, 저 사람이 이 사람을 보면 여름이다. 가을비가 사람들의 경계 위에서 경계로 내리고 있다.

경계

자연의 경계는 다르지만, 다르지 않은 것들이 서로에게 스
며들어 또 다른 것이 된다.

불안과 불확실성

바람이 심상치 않다. 파도가 섬을 잡아먹을 듯 방파제로 달려든다. 하지만 사람들은 선술집에서 바람과 파도쯤은 아무것도 아니라는 듯 술잔을 연거푸 입으로 들이붓는다. 하지만 나는 불안하다. 카페의 창문이 당장이라도 깨질듯이 흔들리고, 바다를 향해 고개를 내민 가로등도 떨고 있다. 아테네로 가는 페리가 나의 불안을 비웃기라도 하듯 항구로 들어섰다. 바람은 점점 더 거세졌고, 성난 파도는 페리와 나의 불안을 낙엽처럼 흔들었다. 나의 방은 8층이었다. 영화 〈타이타닉〉의 슬픈 장면들이 방안

가득 떠다녔다. 불안과 파도가 사람들의 속을 뒤집어놓았다. 하지만 구토도 불안을 덮지는 못했다.

방을 나와 갑판으로 나갔다. 아무것도 보이지 않았다. 칠흑 같은 어둠 속에 하나의 불빛, 우리의 배만 낙오된 행성처럼 떠돌고 있었다. 바람이 배의 높이보다도 큰 파도를 몰아왔다. 순간, 삶과 죽음은 바람을 호령하는 포세이돈의 손, 삼지창 끝에 달려 있다는 생각이 엄습해왔다. 포세이돈이 자신이 해야 할 일에 짜증이라도 난 것일까? 아름다운 바다가 이렇게 위험한 곳으로 변하다니 말이다. 결국 이제는 '불안과 불확실성', 그것만이 '나'의 존재를 증명할 수 있는 유일한 근거가 되어버렸다.

그래, 돌이켜보면 삶의 어떤 순간도 '불안과 불확실성'으로부터 벗어난 적은 없었다. 우리가 '안정과 확실성' 속에서 존재하고 있다는 생각은 단지 오만

불안과 불확실성

과 착각일 뿐이다.

　"무릇 인간 세상이란 거대한 물결이요, 인심이란 한 바탕 큰 바람이니, 보잘것없는 내 한 몸이 아득한 그 가운데 떴다 잠겼다 하는 것보다는, 오히려 한 잎 조각배로 만 리의 부슬비 속에 떠 있는 것이 낫지 않은가?"[09]

　분명한 건, 우리의 삶이 바람 밖에 서 있었던 날은 없었다는 것이다. 단지, 그것을 바람으로 인식하지 못했던 날들이 있었을 뿐이다. 그렇다. '불안과 불확실성', 그것은 보이지 않는 바람이며, 우리의 삶을 단단하게 만들 수 있는 가장 확실한 감정들이다.

[09] 권근, 〈주옹설〉 중에서

"불안과 불확실성", 그것은 보이지 않는 바람
이며, 우리의 삶을 단단하게 만들 수 있는 가장
확실한 감정들이다. ─────────

무지개

8월이다. 모로코의 거리는 적당히 젖어 있다. 소
나기와 무더위는 두 다리가 교차하며 걸어가듯 반
복적으로 나타난다. 하지만 사람들의 손에는 우산
이 없다. 갑자기 나타났다 사라져버리는 소나기를
사람들은 신경 쓰지 않기 때문이리라. 아무렇지도
않게 비를 맞고, 아무렇지도 않게 자신의 길을 간다.
아이들도 이런 날씨의 변덕에 아랑곳하지 않고, 쏟
아지는 분수 속으로 물고기처럼 뛰어 든다. 하지만
어른들은 아이들을 부러워하지 않는다. 그들의 머
리 위로도 분수처럼 시원한 빗줄기가 주기적으로
쏟아져내리기 때문이다. 그래서일까? 도시와 사람

들이 더없이 상쾌하다. 나도 우산을 버리고 저들처럼 비를 맞으련다. 그렇게 비에 관해 생각하던 중, 멋진 풍광이 나를 놀라게 했다. "오, 무지개다!" 나는 손가락을 뻗으며, 나도 모르게 지나가는 사람들에게 알리고 있었다. 하지만 아무도 나의 말과 손가락의 방향에 관심을 보이지 않았다. 옆을 지나던 중년의 신사가 웃으면서 이렇게 말한다. "우리는, 매일 봅니다." 나는 다시 한 번 놀랐다. "네! 매일이요?" 어릴적 무지개를 쫓아다녔던 기억이 어제의 일처럼 선명하게 떠올랐다. '아니, 어떻게, 아무렇지도 않다는 듯이, 저렇게 크고, 선명하고, 아름답게 떠 있을 수 있을까?' 무지개는 이 도시의 어떤 역사보다도 오래된 것임이 분명해 보였다. 그리고 비록, 지금은 아이들의 시선에게조차 외면당하고 있지만, 이 도시의 모든 것을 기억하는 가장 나이 많고 아름다운 사랑의 여신일 것이라는 생각이 머리에서 떠나지 않았다.

무지개는 소나기와 햇빛의 사랑이다. 아니, 사랑의 꽃이다. 습한 공기의 포화상태는 소나기를 부르고, 소나기의 짧은 몸짓은 그리움을 안은 채 수증기로 온 공간을 가득 메운다. 그 때, 햇빛이 다가와 수증기와 사랑을 나누고 그렇게 그들의 사랑은 아름다운 꽃, 무지개로 피어난다. 〈로미오와 줄리엣〉에서 두 연인이 나눈 슬픈 사랑의 운명처럼 말이다. "사랑이 가냘프다고? 너무 거칠고, 잔인하고, 사나우면서도 가시처럼 찌르는 게 사랑이네." "나는 운명에 희롱당하는 바보다." 이처럼 소나기와 햇빛도 결코 만날 수 없는, 그래서 내일을 기다려야만 하는 슬픈 운명의 연인이었다. 하지만 그들은 만났고 그래서 아름다운 무지개로 피어난 것이다. 그렇다. 아름다운 것은 불가능한 것들의 만남, 위험한 것들의 유혹에만 있다. 모순의 왕관을 쓴 아름다움, 그것의 생명은 짧다. 아름다움의 본질은 '순간'이다. 아무리 아름다운 것이라 할지라도 시간의 악마는 아름다움을 '지루한', '평범한' 것으로 전락시켜버린다.

　나는 무지개처럼 모순의 사랑을 품을 수 있을까? 과연, 모순 같은 운명에 도전하고 피 흘릴 용기가 있는가? 아니다. 나의 영혼 속에는 순리에 순응하고, 불가능성과 위험한 것들에 무릎 꿇는 '비겁함'만이 암덩어리처럼 자라고 있을 뿐이다. 무지개는 내게 동경의 순간일 뿐이다.

무
지
개

아름다운 것들은 불가능한 것들의 만남,
위험한 것들의 유혹에만 있다. ————

골목과 빌딩

    골목이 사라졌다. 골목은 박물관에 남겨진 흑백 사진 속에서만 근근이 생명을 유지하는 존재가 되어버렸다. 엉성하고 투박한 곡선의 벽돌담 사이로 숨바꼭질의 목소리가 진동했던 좁디좁은 골목길은 사람의 꼬리뼈가 사라지듯 추억의 흔적만 남기고 사라져 버렸다. 골목길에는 가난한 사람들이 내뿜었던 온갖 냄새들, 저녁밥 짓는 냄새, 아빠의 손에

들린 군고구마 냄새, 담벼락에 기댄 채 세월을 토해내던 옆집 아저씨의 술 냄새가 살아 있었다. 그때마다 따뜻하고 조용한 바람이 작은 담을 넘어 그 냄새를 편지처럼 전해주었다. 그 바람은 새벽이슬을 밟는 사람들의 발자국 소리에서, 그리고 밤늦은 귀갓길의 깊은 한숨에서 뿜어져나왔다. 하지만, 누군가를 향한 어떤 원망도 품지 않은, 따뜻하고 내밀한 바람이었다.

이제 우리는 빌딩 사이를 걷는다. 어떤 생명도 보호되지 않는, 차가운 밀어냄만이 유리로 응축된 세계, 직선의 날카로운 바람이 군림하는 공간을 걷고 있다. 그 공간은 길이 아니다. 직선과 단단한 유리벽들이 만들어낸, 햇빛이 들지 못하는 음지일 뿐이다. 그래서 그곳은 늘 춥다. 겨울길이다. 차갑고 꼿꼿한 바람이 사람들의 시선을 죽이고, 입을 막아버린다. 그래서 사람들은 마주 오는 사람들을 보지 못하고, 바람에 깃발처럼 펄럭이는 그들의 상표, 권태만 본다. 어둠과 침묵만 살아 있는 길이다. 냉정한 침묵의 강이 그 길 위로 흐른다. 창문 밖으로 추락한 욕망의 시체들이 침묵의 강 위를 피로와 함께 표류한다.

바람은 미지에서 불어오는 것이 아니다. 공간마다 빚어내는 서로 다른 욕망에서 시작되며, 공간이 빚어낸 사람들의 생김새처럼 다양하게 변형된다. 골목에서 불던 바람은 작은 행성처럼 우리 주변을 맴돌지만, 빌딩 사이로 부는 바람은 오직 바깥을 향해 돌진하는 화살처럼 우리 사이를 가른다.

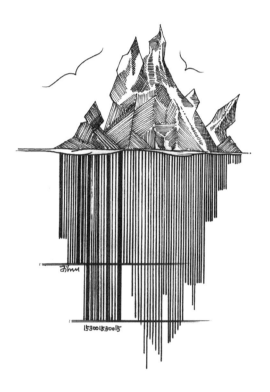

깃발처럼 펄럭이는 그들의 상표, 권태만 본다.

아프리카의 노래

———————

　우연히, 정말 우연히 서재 바닥에 떨어진 책 한 권을 보았다. 책을 펴자 매우 낯선 노래가 구슬프게 들려왔다. 먼지 쌓인 낡은 책 속에서 그녀는 숨이 막혔나 보다. 그녀의 몸부림이, 울분의 노래가 그녀를 책장 밖으로 밀어낸 것일까? 서재 밖에선 비가 한창이다.

나는 모든 이가 사랑하는 한 여자라네.

나는 악마도 사랑하는 여자라네.

나는 신이 사랑하는 여자라네.

나는 사람들이 사랑하는 여자라네.

내 이름은 바나 바인다라네.

비가 내린다. 모든 이가 사랑하는 한 여자에게 한 번도 그친 적 없는 비가 내린다. 악마에게도 비가 내린다. 악마도 비를 피하지는 못한다. 비를 뿌리는 신에게도 비는 내린다. 사람들에게도 비가 내린다. 사람들의 기도와 상관없이 매일 비가 내린다. 모든 이가 사랑하는 한 여자에게 내리는 비가 모두에게 내린다.

한 여자를 악마가 사랑하는 동안 '저주의 비'가, 한 여자를 신이 사랑하는 동안 '질투의 비'가, 한 여자를 사람들이 사랑하는 동안 '소외의 비'가 내린다. 모든 이에게 비가 내린다. 하지만 검은 그녀에게만 '검은 비'가 내린다. 그녀는 노래를 부르고 춤을 춘다. '검은 비'는 '검은 피'가 되고, 그녀는 비가 되었다. 구경하던 모든 이의 머리 위로 '검은 비'가 내린다.

비가 온다. 악마에게, 신에게, 모든 이에게 '검은 비'가 내린다. 하지만 사람들은 '흰 비'가 내린다고 말한다.

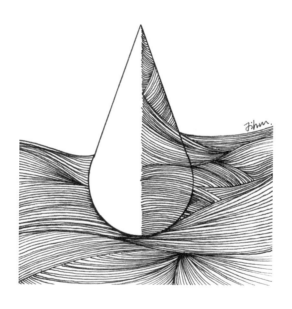

모든 이에게 '검은 비'가 내린다. 하지만 사람들은
'흰 비'가 내린다고 한다. ─────────

거짓된 욕망

바람이 그리울 때, 나는 제주도 두모악[10]에 간다. 그곳엔 바람을 닮은, 바람과 함께 산 사람이 있다. 그는 그의 방과 마당 가득 바람들을 풀어놓았다. 산바람, 들바람, 바닷바람, 겨울바람, 밤바람들. 마당에 들어서면 나를 가장 먼저 반기는 것은 언제나 추억의 바람이다. 그 바람은 시골 학교에서 뛰어놀던 친구들을 닮았다. 나는 그 바람의 손을 잡고 안방으로 들어섰다. 그는 벙거지 모자를 쓰고, 카메라를 목

10) 제주도에 있는 사진작가 김영갑의 갤러리다.
   폐교가 된 초등학교를 그의 작품 전시관으로 개조하였다.
   몽골에서는 '초원의 첼로'라고 부른다.

에 건 채 언제나처럼 나를 반겨준다.

'오름의 바람'이 조심스럽게 말을 건넨다.

"오랜만에 오셨어요.?"

"욕망이 말라버렸어. 그래서 발길 닿는 대로 마냥 걸었는데, 또 이곳이야. 우습지."

"그렇군요, 밤바다 바람 아시지요. 그는 아무것도 보이지 않는 밤에도, 하얀 파도 너머 누군가를 하염 없이 기다리고 있어요. 그를 만나보세요. 그러면 당신도 보이지 않는, 거짓말 같은 욕망을 기다릴 수 있을 거예요."

그래, 나의 욕망은 '거짓말'이어야 했다. 남들이 믿지 않는 거짓말, 그래서 나만의 것이 될 수 있는 욕망이어야 했던 것이다. 하지만 나는 단지 타인들의 믿음 안에서만, 타인의 시선 안에서만, 타인의 욕망을 모방한 욕망 속에서만 살아왔다. 나의 욕망은 하나도 없었다. "저는 바람하고만 평생 살 겁니다. 사진만 있다면, 모든 것은 버릴 수 있습니다."라는 그의 거짓말 욕망, 아무도 믿지 않았던 그만의 바람이 나의 가슴을 세차게 흔든다.

그와 바람이 버스 정류장까지 나를 따라 나섰다. 나는 그들에게 인사를 건네고 버스에 올랐다. 버스는 텅 비었고 노을만 내 옆자리에 앉았다. 그런데 버스 안에서 바람이 분다.

———— 나의 욕망은 거짓말이어야 한다.

불면증

너는 지금 무엇을 기다리고 있는 거니?

기다리던 편지처럼 달콤한 단비,

소녀처럼 변덕스런 여우비,

아낙네들의 수다처럼 퍼붓는 작달비,

회초리처럼 매서운 모다깃비,

여름의 오후처럼 졸고 있는 잠비,

사랑방의 막걸리같이 얼큰한 술비,

그리움처럼 끝나지 않는 오란비,

밀물과 썰물처럼 떠다니는 마른비,

첫사랑처럼 느닷없이 찾아드는 도둑비,

꽃잎처럼 벌들을 기다리는 꿀비,

향기처럼 부유하는 싸락비,

마술사의 묘기처럼 신비한 해비

나는, 잠비를 기다리고 있어. 도통 잠이 오지를 않아. 별이 떠도, 시간이 지쳐도, 육신이 쓰러져도 끝없이 살아 있는 생각과 불안의 실타래가 나를 칭칭 감고 놓아주질 않아. 불면증의 포로가 된 지 꽤 오래되었거든. 어디서나 그리고 언제나 나를 잠들게 만들 수 있는 잠비가 필요해. 자장가 같은 잠비. 오! 제발, 오늘 단 하루만이라도.

너도 그렇구나. 나도 잠비를 기다린 지 오래되었거든. 그런데, 모두가 잠비를 기다리는 것 같아. 도대체 무엇이, 그렇게 우리를 잠 못 들게 하는 걸까? 우리는 무엇을 밤새 기다려야만 하는 걸까? 아마도 그건 기다림일 거야.

도대체 무엇이, 그렇게 우리를 잠 못 들게 하는 걸까?

아마도 그건 기다림일 거야. ─────

방향과 속도

━━━━━━━━

　바람의 방향과 속도는 삶과 반비례 관계의 함수
이다. 앞으로 걸을 때 앞에서 불어오던 바람은 뒤로
돌아서는 순간 뒤에서 부는 바람이 되고, 옆으로 돌
아서면 옆에서 부는 바람이 된다. 또 빠르게 달리면
마주 오던 바람의 속도는 빨라지고, 느리게 걸으면
바람의 속도도 느려진다. 그런데, 우리는 앞만 보고
걷는다. 목표를 앞쪽에만 두고 그것이 금방이라도
손에 잡힐 것이라고 생각하며 속도를 높인다. 하지

만, 슬프다. 목표와의 거리가 가까워질수록, 우리의 속도가 높아질수록 바람은 더욱 거세지고, 그로 인해 우리의 목표는 더 멀어져갈 뿐이기 때문이다. 하지만 잠깐 옆으로 발을 돌려보자. 그러면 거칠게 나를 몰아붙이던 바람도 어느새 부드럽게 우리의 볼을 만져주는 미풍으로 변할 것이며, 우리의 목표도 시선에서 사라질 것이다.

그래, 삶의 행운은 옆에서 불어오는 미풍처럼, 보고자 하는 방향이 아니라 외면했던 방향에서 뜻하지 않게 천천히 다가오는 것이리라. '한눈 좀 팔면서, 느릿느릿 걸어보자.' 그것이 잃어버린 방향과 속도를 되찾아줄 것이며 바람이 전하는 행운의 편지를 만나는 길이다. "나는 찾지 않는다. 발견할 뿐이다."라는 피카소의 말처럼 우연을 기다리고, 답을 좇지 않는다면, 우리는 언제든 행운을 만날 수 있으리라. 바람이 나의 볼을 만진다.

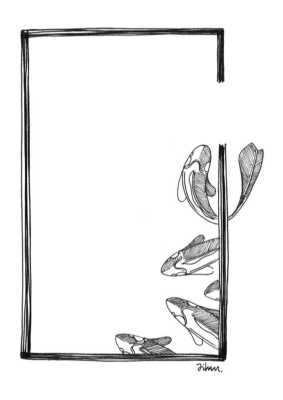

한눈 좀 팔면서, 느릿느릿 걸어보자.

기차

　기차도 길을 잃을 때가 있다. 약속 시간을 어기고, 미정의 플랫폼 노선에서 사람들을 외면한 채 무심히 서 있는 것처럼. 하지만 사람들은 자신만의 노선에서 기차를 마냥 기다린다. 기차에 대한 믿음이 오래되었기 때문이다. 하지만 시간이 흐르고 기차가 보이지 않을 때, 사람들의 마음은 길을 잃고 방황한다.

안내 방송 하나 없는 가난한 도시의 플랫폼, 이곳
에서는 기차와의 약속을 잊어버리는 것이 일상일지
도 모른다. 하지만 누구도 기차를 불평하지 않는다.
투덜대는 것이 소용없는 일이라는 것쯤은 주름이
깊게 파인 대합실 의자도 알고 있기 때문이리라. 기
차는 나와 사람들을 기다리지 않았다. 기적 소리도
없이 썰물처럼 조용히 떠나갔을 뿐. 그렇게 나는 길
을 잃었다.

기
차

때 아닌 비가 내린다. 비도 기차처럼 길을 잃을
때가 있다. 지금처럼 말이다. '아직 올 때가 아닌데,
혹은 벌써 왔어야 하는데... ...' '여기에 오지 말아야
하는데, 이곳에는 와야 하는데... ...' 이렇게 비도 길
을 잃거나 혹은 약속 시간을 깨면서 찾아올 때가 있
다. 하지만 그렇게 불쑥 찾아드는 비가 얄밉지만은
않다. 그로 인해 나도 길을 잃을 수 있기 때문이리
라. 문득 찾아든 비는 가던 길에서 벗어나 카페의 커

피 향에 빠져들게 하거나, 책을 덮고 '고궁'의 고즈 넉함 속을 걷게 하거나, 비에 젖은 예쁜 소녀가 우산 속으로 슬며시 기어드는 달콤한 상상 속에 빠져들게 만들어준다. 알퐁스 도데의 〈별〉에서 갑자기 쏟아진 비, 길 잃은 비가 강을 불어나게 하고, 스테파네트 아가씨에게 길을 잃게 만들어 목동의 숙소에 그녀를 머물게 만들었던 것처럼 말이다. 오! 스테파네트 아가씨의 길 잃음, 그것은 수많은 별들 중에서 가장 아름다운 별이 길을 잃고 목동의 어깨 위에 내려앉은 숨 막히는 떨림이었다.

나는 비에게 물어야 했다. '나는 어디로 가야 하지?' 비는 말이 없었다. 하지만 그는 내게 이렇게 말하고 싶었으리라. "길 잃은 곳에서 길 잃는 누군가를 만나라. 그러면 그 길은 너만의 세상으로 통하는 길이 될 것이다." 그래, 우리는 갈망해야 한다. 인생의 순례길 위를 길 잃은 비처럼 걸어갈 수 있기를.

기차

비도 기차처럼 길을 잃을 때가 있다.

사람의 떼

―――――――――

　매미 소리가 여름 끝자락에 붙어 있다. 폭풍의 긴 공포가 아침에서야 끝이 났다. 이제는 한 줄기 미풍들만이 나무들 사이를 오간다. 저녁이 별의 무대를 설치하기 직전, 나는 뒷산에 올랐다. 여기저기 폭풍의 상처들이 보이기 시작했다. 길들은 사라졌고, 나무들이 뿌리째 뽑혀 있거나 혹은 허리가 부러져 다른 나무에 기대어 있었다. 새들의 노래 소리도 어디론가 날아가버렸고, 적막만이 비가(悲歌)를 부르고 있었다. 하얀 뼈를 드러낸 채 고통스러워하는 산이 안쓰러웠다. 아수라장이다. 사람들은 이 아픔을 '인재(人災)'라고 했다.

넝쿨처럼 얽힌 나무의 주검들을 헤집고 산을 올랐다. 정상을 오르는 내내 이상한 현상들이 나의 눈을 의심케 했다. 부러지고 뽑힌 나무들이 한결같이 '거목'들이라는 사실이다. 나는 이해할 수 없었다. '분명히, 큰 나무일수록 뿌리도 깊고 강할 텐데, 어째서 작은 나무들만 폭풍 속에서 살아남았지?' 나는 뿌리째 뽑힌 거목 주변을 한참 동안이나 서성거렸다. 그렇게 얼마의 시간이 흐른 후 답이 보였다. 큰 나무들은 주위의 작은 나무들보다 몇 배쯤 높이 솟아 있었고, 그런 까닭에 폭풍의 칼날을 오롯이 혼자서 받아야 했던 것이다. 하지만 작은 나무들은 주위의 동료들과 낮은 위치에서 바람을 나누어 받은 것이다. 큰 나무들이 단단한 자존심과 거만함 속에서 죽음을 껴안고 살고 있었다면, 작은 나무들은 갈대처럼 흔들리며 함께 사는 법을 알고 있었던 것이다.

산을 내려오는 길 끝자락에서 학교를 만났다. 그때 한 가닥의 생각이 나의 머리를 내리쳤다. '저것은 도대체 왜 존재하고 있는 걸까? 이렇게 폭풍과 나무들이 우리를 가르치고 있는데. 그래, 이것은 인재가 분명하다.'

작은 나무들은 갈대처럼 흔들리며 함께 사는 법을 알고
있었던 것이다.

침묵

비는 소리를 먹는다. 비가 오면, 세상의 모든 언어는 빗속으로 사라진다. 그렇다. 빗소리는 빗소리가 아니다. 세상의 침묵이자 새로운 노래다. 곡선을 잃고 직선으로만 날던 비방, 음표를 잃고 소음이 되어버린 욕설, 부딪힘만을 사랑하던 쇳소리들이 '여음(餘音)'이 되어 바닥으로 떨어져내린다. 익숙했던 그리고 귀 기울여도 들리지 않았던 소리들이 모두

죽었다. 말(언어)이 만든 분열들도 사라졌다. 투명하게 조용하다. 침묵이 깊어진다. 하지만 이내 빗소리의 웅얼거림 위로 새로운 언어들이 열린다. 세상은 새로운 언어에 귀를 기울이고, 침묵이 여백으로 떠도는 것을 듣는다. 비가 내리는 곳에서는 누구도, 무엇도 입을 가질 수 없다. 나에게, 그들에게 말을 건네는 것은 오직 빗소리뿐이다. 세상은 침묵의 깊은 곳에만 살고 있는, 자신의 언어가 부재할 때만 존재할 수 있는 것들을 시간의 상실 속에서 만난다. 그렇게 언어는 우리의 교감을 막아왔다. 교감은 오직 침묵으로만 가능한 것이리라.

'오, 비는 전복의 힘을 가졌구나!' 침묵이 나를 듣고 있다.

교감은 오직 침묵으로만 가능한 것이다.

우화

어느 날, 비와 바람이 과수원을 지나다 빨갛게 익은 사과를 보았다. 그러자 그들은 "저 사과는 내가 만든 거야."라며 자신이 사과의 주인이라며 싸우기 시작했다. 비가 화를 내며 말했다. "만약, 내가 그를 적셔주지 않았다면, 그는 과즙을 만들 수 없었을 거야." 그러자 이번에는 바람이 코웃음을 치며 큰 소리로 외쳤다. "무슨 소리? 만약 내가 그의 결혼을 주선하지 않았다면, 사과의 존재 자체가 불가능하다는 사실을 모르지 않을 텐데." 그들의 언성은 점점

더 높아져갔다. 그때 둘의 이야기를 듣고 있던 사과가 그들에게 말했다. "아니야, 나는 태양이 없었다면, 빨간 나의 얼굴도, 달콤한 나의 맛도 가질 수 없었을 거야." 비와 바람은 사과의 말을 듣고 고개를 떨구었다. 하지만 사과는 더 충격적인 말을 덧붙였다. "비가 나를 너무 사랑하면 나는 썩게 되고, 바람이 나를 너무 사랑하면 나는 떨어져 죽게 돼." 그러자 비와 바람은 시무룩하게 사과에게 물었다. "그럼, 태양만이 너의 주인이겠구나?" 사과는 대답했다. "아니야, 만약, 하루도 빠짐없이 태양이 나의 얼굴을 만진다면, 나는 금방 쪼그라들어서 늙어버릴 거야. 나를 만든 주인은 달, 구름, 흙, 나비, 태양, 봄, 여름, 가을 그리고 너희 둘이라고 할 수 있지. 그러니까 우주 전체가 나의 주인인 셈이야." 비와 바람은 입가의 미소를 띠었고 가슴이 따뜻해지는 것을 느꼈다.

"그런데, 우스운 건 말이야, 인간들은 자신들이 나의 유일한 주인이라고 생각하고 있다는 거야. 내게 준 것이 전혀 없는데도 말이야."사과는 씁쓸하게 웃어 보였다.

우화

"그러니까 우주 전체가 나의 주인인 셈이야."

기우제

아버지는 소작농이었다. '절반의 농사'를 짓는 가
난한 사내였다. 그 절반의 절반마저도 '쌓인 빚'이
가져갔다. 그의 기쁨은 벼가 익어가는 '순간들' 뿐이
었다. 어린 자식들이 자라는 것 같기 때문이었으리
라. 하지만 그는 어떤 것도 소유하지 못했다. 그저
떠나보내는 것에 익숙해져 있을 뿐이었다. 그에게
남는 건, 언제나 알맹이 없는 볏짚뿐이었다. 그와 함
께 볏짚을 중세의 성들처럼 높이 쌓아올렸다. 마치

하늘을 향해 창을 찔러대듯이 말이다. 하지만 쌓인 볏짚은 소의 여물과 한겨울 땔감이 될 뿐이었다. 그는 늘 그것으로 만족했다. 서글펐다. 그의 땀과 늘어가는 주름살의 대가가 고작 볏짚가리뿐이라니.

비가 오지 않는 4월이었다. 논바닥은 갈라지고 모내기는 엄두도 내지 못했다. 그의 마음은 말라버린 논바닥보다 더 깊게 갈라지고 있었다. 마을에서는 '기우제(祈雨祭)'를 지내기로 했다. 마을 뒷산의 깊은 계곡에 '서낭당'이 있었다. 마을 사람들은 그곳에서 제사를 지내곤 했다. 그곳은 나에게 신령스러운 곳이라기보다는 무서운 곳이었다. 이번에도 그곳에서는 무당이 춤을 추고 마을사람들이 술을 올렸다. 하지만 언제나처럼 그들이 바라는 것은 이루어지지 않았다. 비는 끝내 내리지 않았다. 소크라테스가 말한 것처럼, 비는 '제우스'신이 내려주는 것이 결코 아니었다. 그의 얼굴은 먹구름처럼 검게 타들어갔다. 담배 연기와 습한 기운이 방안을 가득 메웠다. 비도 오지 않는데, 우리 집 방바닥과 공기는 축축하기만 했다. 그는 내리지 않는 빗물대신 어깨 너머로 눈물을 흘렸다.

농부에게 진리는 신이 아닌 '비'에게 있다. 세상 사람들이 만들어 놓은 자명한 진리도 농부들에게는 허무맹랑한 거짓일 뿐이다. 오직 '비' 만이 농부들의 마음과 정신을 다독이고, 그들의 땀방울에 응답해 줄 수 있었으리라.

기우제

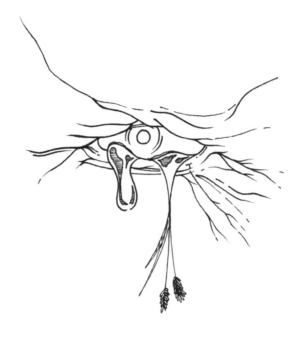

농부에게 진리는 신이 아닌 '비'에게 있다.

시

바람은 시인이다. 바람이 불면, 모든 것들은 내게 낯선 언어로 다가온다. 여기서 낯섦의 언어는 우리가 거부해왔던 감춤의 세계가 고개를 내밀고 지성의 밖을 내다보는 것이다. '모든 것을 과도하게'라고 외치며, 감정에 눈멀어 이성을 파괴하던 자들의 동경이 낯섦이다. 그것의 다른 이름은 은유다. 바람이 풀을 만지면, 그것의 이성적 수의를 벗기면, 풀의 언어는 꽃에게 전달되고, 꽃은 또 다른 언어로 나무에게 말을 건넨다. 전혀 통하지 않을 것만 같았던 닫힌 세계의 사물 혹은 자연물들이 바람으로 인해 비로소 열린 세계로 들어온다. '시의 열린 장(場)'에서 그들은 어떤 형식이나 규칙도 없이 그들만의 방식으로 공간을 가로질러 다닌다. 바람이 만든 은유의 세계, 술 취한 디오니소스가 나를 정신없이 흔들어놓는다. 나의 감정과 그들의 낯선 언어 사이를 가로막았던 담벼락을 바람이 무너뜨리고 나는 그들을 또 다른 언어로 읽는다.

영화 〈우편배달부〉에서, 파블로 네루다는 자신에게 편지를 전해주는 우편배달부에게 시를 가르쳐준다. 얼마 후, 우편배달부는 병상에 누워 있는 스승을 위해 '한 편의 시'를 준비한다. 밤하늘의 흔들리는 별과 일렁이는 바다를 녹음하여 들려준 것이다. 네루다는 처음으로 살아 있는 '은유'를 맛본다. 아마도 시의 언어를 모르는 사람들은, 이성만을 숭배하는 지식인들은 그것이 하늘과 바다의 바람 소리일 뿐이라고 말할지도 모른다. 하지만 우편배달부와 네루다에게 그것은 어떤 언어보다도 아름다운, 바람이 쓴 '시의 운율'이었을 것이다. 그렇게, 바람은 시인이 된다. 바람은 우리의 가슴을 열고 그곳에 감성의 언어들을 한가득 넣어주는, 은유의 배달부다.

시

바람은 우리의 가슴을 열고,

그곳에 감성의 언어들을 한가득 넣어주는, 은유의 배달부다.

향수

―――――

"비가 오네. 이 비릿한 냄새"

비의 여행은 길고도 길다. 비가 내게로 오는 건, 그의 고단한 여행에서 잠시 간이역에 머무는 시간이다. 비는 우주를 담아 먼 시간을 달려 내게로 왔다. 비의 고향은 푸른 바다다. 넓디넓은 바다의 고요가 싫어서, 그 무료함을 견딜 수 없어서, 다른 세상에 대한 그리움이 뜨거워지던 날, 비는 모든 것을 버리고 바다를 훌쩍 떠났다. 다시는 돌아오지 않으리라는 다짐으로 먼 길을 나섰다. 그때는 몰랐다. 그 길이 얼마나 멀고 고단한 것인지. 바다가 멀어지고, 또 다른 푸름, 하늘이 가까워질수록 그는 즐거울 뿐이었다. 바다를 떠나온 친구들을 하늘에서 만났고, 그들은 바람과 함께 구름이라는 이름으로 자유롭게 떠돌아다녔다. 세상 어디든 갈 수 있고, 많은 것들을 내려다볼 수 있는 삶은 그들을 흥분시키기에 충분했다. 끝없이 펼쳐지는 미지의 세상과 자유가 그들의 전부인 것만 같았다. 하지만 자유에는 언제나 피가 섞여 있듯, 그들의 삶에도 차가움의 공포가 엄습했다. 얼굴과 마음이 검게 타들어가기 시작했다. 그런데 그들이 이해할 수 없었던 것은 공포 뒤에 숨은 공허함이었다. 그들은 한동안 그 공허함이 어디서 시작되었는지 알 수 없었다.

얼마 후, 그들은 알았다. 그 공허함은 '향수(鄕

愁)'라는 것을. 그들은 다시 여행을 떠나기 시작했다. 이번에는 고향으로 돌아가기 위한 먼 떠남이었다. 육지로의 수직적 하강, 그렇게 그들은 낯선 대지, 새로운 여관에 도착했다. 대지 역시 푸름이었지만 바다처럼 부드럽지는 않았다. 그들의 부드러운 육신은 땅에 부딪히는 아픔을 견뎌야 했다. 하지만 그들은 부서지지 않았다. 오히려 그들은 자신들의 몸을 더 부드럽게 만들어 대지의 품으로 스며들었다. 그러자 그들의 짙어진 향수는 대지 위에 '비린내'를 뿜어대기 시작했다. 그들과 함께 했던 '물고기'들의 체취와 흔적, 바다의 비릿한 냄새가 대지를 진동시킨 것이다. 그들의 귀향길은 대지도 막지 못했다. 그들은 강물이 되었고 잃어버렸던 빛깔도 되찾았다. 흙탕물같은 빛깔들이 그들의 빛깔을 간혹 빼앗기도 했지만 그들은 그들의 빛깔, 푸름을 잃지 않았다. 마침내 그들은 연어가 태평양을 건너 자신의 고향, 작은 하천으로 거슬러 올라오듯 그렇게 바다로 돌아온 것이다.

　비는 죽지 않는다. 그리고 사라지지도 않는다. 방황 속에 머물다 다시 떠나고 그리고 돌아갈 뿐이다. 우리의 삶도 그럴 것이다. 그렇다면, 우리의 여행은 어느 간이역에서 쉬고 있는 걸까? 그리고 우리는 어떤 냄새의 향수를 내뿜고 있을까? 비가 우리의 냄새를 맡으려는지 밤새 쏟아져내린다.

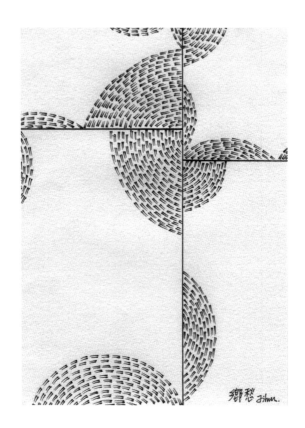

비는 죽지도 사라지지도 않는다. ───────

방황 속에서 머물다 다시 떠나고 그리고 돌아갈 뿐
이다.

위로

―――――

    삶의 무게가, 그 무거운 쇳덩어리가 '나'만을 짓누른다고 느껴졌을때, 나는 그 무게를 이용해 일부러, 그것도 사람들이 많은 곳에서 힘없이 주저앉았었다. 사람들이 던져준 연민의 눈빛이 나를 일으켜 주었을 때, 나는 이렇게 중얼거렸다. '바람이 나를 거세게 밀었어요.'라고. 그래, 가끔 나를 괴롭히는 책임과 고단한 짐을 바람에게 떠넘겨도 좋으리라.

삶의 무게와 그것의 곰팡이쯤 되는 책임감을 바람
이 지나간 자리 뒤에다 슬쩍 옮겨놓아도 괜찮으리
라. 그것들은 늘어진 시계바늘도 거두어갈 수 있는,
실체 없는 시간의 그림자들뿐이기 때문에.

위
로

그래, 가끔 나를 괴롭히는 책임과 고단한 짐을
바람에게 떠넘겨도 좋으리라. ─────

결핍

―――――――

비는 결핍이다. 비는 우리에게서 결핍을 끄집어
낸다. 그리고 그것을 우리 앞에 던져놓는다. '이것
이 너의 결핍이다'라고. 비로 인해 도로가 함몰되면
서 드러난 콘크리트와 철근 사이의 '조화의 결핍', 마
른 강 위에서 노를 잃은 빈 배의 '부유의 결핍', 비를

맞으며 홀로 걷는 여인의 걸음에 비친 '연인의 결핍'
이 그것이다. 하지만, 우리는 얼마나 내 속에 존재하
는 결핍을 모르고 있었던가? 아니다. 외면하고 있었
던 것이리라. 해가 뜬 날들이 건네는 '충만함', 불만
의 여백을 갖지 못한 그 위선에 걸려들어 우리와 모
든 것들은 '결핍'을 상실하거나 '괜찮다'라는 망각 속
에서 살아왔을 뿐이리라. 하지만, 비를 좋아하는 사
람들은 '충만함'이 속임수라는 것을, '결핍'이 태양 빛
에 잠시 가려진 것이라는 것쯤은 알고 있다. 또한
'결핍'은 비의 역사만큼 오래된 자신의 것이며, 그것
은 '충만함'과 달리 그들을 앞으로 걷게 만들거나 혹
은 주저앉게 만드는 절대적 이유라는 것도 알고 있
다. 그래서 우리는 비를 맞고, 그래서 우리는 오늘도
걷고 있는 것이다. 심연의 은밀한 곳에 감춰둔, 보고
싶지 않은 '상처를 훔친 도둑', 그 비 앞에 우리는 서
있는 것이다. 하지만, 위대한 그 누구라도 이 무서운
도둑 앞에 당당히, 피보다 진한 대담함으로 마주 설

결핍

수는 없다. 그래서 비겁한 우리는 결핍을 감추느라 '지나치게' 충만하고, 그 충만함의 무게로 인해 우리의 삶은 무거워만 간다.

나는 빗속에서 단테의 '결핍'을 본다. '상처를 훔친 도둑', 그 결핍 앞에서 고개를 떨궈야만 했던 나약한 인간을 본다. 미쳤거나 혹은 고결했던 사랑의 상처를 보고 있는 것이다. 가질 수 없는 것, 그래서 악마와 같은 갈망이 자신의 육신을 파괴했던 단테의 욕망을 나는 빗속에서 보고 있다. 베아트리체에 대한 강렬한 욕망, 하지만 영원히 자신의 '결핍'이 될 수밖에 없는 운명의 그녀를, 단테는 다른 여자를 사랑하는 거짓된 그리고 지나친 '충만함'으로 위장하며 살아갔다. "그녀가 이 세기를 떠난 뒤, 도시 전체가 미망인이 되어 남았고, 나는, 이 쓸쓸한 도시에서 아직도 눈물을 흘리고 있다……"[11]라는 단테의 고백에서 보듯이, 그의 결핍은 영원히 사라지지 않았고,

11) 단테, 〈새로운 탄생〉 중에서

비가 되어 지금도 내리고 있다. 우리의 결핍도 비처럼 마르지 않으리라.

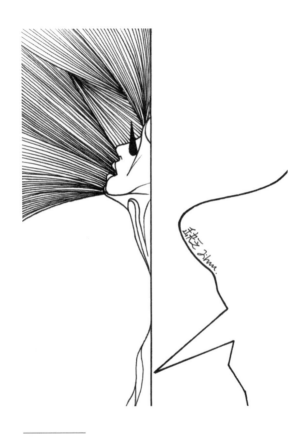

우리의 결핍도 비처럼 마르지 않으리라.

일기

'바람'은 간혹, 몇 개의 단어를 내게 던져주곤 했다. 하지만 그 단어들은 쉽게 먹을 수 없는, 딱딱한 껍질로 싸인, 그래서 망치로 몇 번이고 내려쳐야만 맛볼 수 있는 호두알 같은 것들이었다. 그 껍질들을 깨는 데는 꽤나 긴 시간이 필요했다. 하지만 그 시간들이 나를 행복하게 만들었다. 그렇게 힘들게 만난 알맹이들을 주변 사람들에게도 나눠주었다. 하지만 누구도 그것을 먹으려 하지 않았다. 아직 그것의 껍질이 덜 벗겨졌으며, 먹기도 불편하다는 이유 때문이었다. 슬펐다. 그러자 바람이 내게 다시 속삭였다. 사람들은 오래 기다리는 것을 싫어하며, 먹기 편하게 꾸미지 않은 것들은 절대 먹지 않는다고. 하지만 오늘도 바람은 아무도 먹을 수 없는, 가시 돋친 밤송이 같은 단어들을 또 내게 던져주고 날아간다.

일기

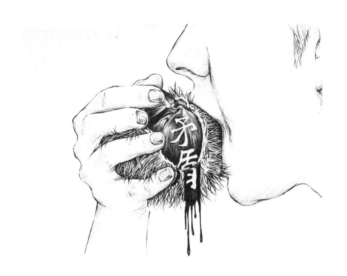

사람들은 오래 기다리는 것을 싫어하며, ————

먹기 편하게 꾸미지 않은 것들은 절대 먹지 않는다고.

비와
바람의
기억

―――――――

지은이 | 최인호

펴낸곳 | 마인드큐브
펴낸이 | 이상용
편집부 | 김인수, 현윤식
디자인 | 홍영빈
삽화 | 이지훈, 홍영빈
아트디렉팅 | 서경아, 황순국

출판등록 | 제2018-000063호
주소 | 경기도 고양시 일산동구 일산로 11, 507-404
이메일 | mind@mindcube.kr
전화 | 편집 070-4086-2665
　　　| 마케팅 031-945-8046 (팩스 031-945-8047)

초판 1쇄 발행 | 2018년 9월 10일
ISBN | 979-11-88434-06-0(03800)